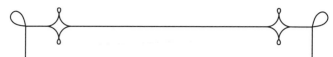

副社長サマのお気に召すまま

お堅い秘書はミダラに愛され

七福さゆり

Illustration
緒笠原くえん

gabriella plus

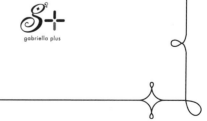

副社長サマのお気に召すまま お堅い秘書はミダラに愛され

contents

gabriella plus

イラスト／緒笠原くえん

副社長サマのお堅い秘書はお気にミダラに愛され召すまま

プロローグ　最高の夢……だと思ったのに

「あっ……あぁっ……」

私は今、とてもいやらしくて、最高の夢を見ている。

「普段、真面目なくせして、ベッドではエロいな」

ずっと好きだった人に抱かれている夢だ。

会社の上司で、決して触《ふ》れることの許されない大好きな人――そんな彼に、生まれたままの姿にさせられている。

誰にも触れられたことのない唇や肌に触れられ、そして自分でもよく触れたことどころか、見たこともない場所を淫《みだ》らな手付きでなぞられた。

夢の中とはいえ、とんでもないことだ。

「ひぁっ……あっ……ぁんっ！　や……そこ……あっ……あっ……おかしくなっちゃ……っ……あぁっ」

そこをなぞられるたびにクチュクチュいやらしい音が聞こえてきて、今まで体験したことのない未知の快感が襲ってくる。

こんなにもいい夢が見られるなんて――。

今まで頑張《がんば》って生きてきたご褒美《ほうび》？

「あっ……んんっ……んっ……んぅっ……」

どうか途中で目が覚めませんように……。

未知の快感でパニックになりながらも、少しでも長く見られますように……と、密《ひそ》かに神様に願う。

「……っ……あぁっ……」

でも、神様になんて願わなくても、覚《さ》めるはずなんてなかった。

この時の私は夢だと信じて疑わなかったけれど、これは紛《まぎ》れもない現実だったのだから。

一章　一人で生きていく

『恋愛や結婚なんてくだらない。愚《おろ》かなことよ。賢《かしこ》い女は男に頼らず、一人で生きていく力を身に付けること。わかったわね？』


それがうちの母の口癖《くちぐせ》だ。

親の言葉は、時として心の支えになり、呪《のろ》いにもなる。

私の場合は呪いとして心に深く刺さっていて、時折それが疼《うず》いて苦しくなるタイプだった。


「も～……最悪！　なんであの鉄仮面《てっかめん》が、副社長の秘書なの⁉　今度の人事、楽しみにしてたのにっ！　人事部は何考えてんの⁉」

「人事部、天沢《あまさわ》に弱みでも握られてんじゃないの？」

「あはっ！　あいつならありそう。だって、全然気配ないもん」

え、私って、そんなに気配ない？

皆の目に入っていないのか、それともわざと言っているのかはわからないけれど、同じ場にいるのに悪口が始まってしまった。

どうしよう。非常に気まずい。

私、天沢一花《いちか》は、大手有名化粧品会社『アミュレット』の秘書課に勤めている。

新卒で入社して、今年で四年目――あの人……株式会社アミュレットの副社長の秘書になって三年目だ。

あ、そろそろ副社長室に行かなくちゃ……。

荷物をまとめて、席を立つ。すると私の話で盛り上がっていた皆が、ギョッとしてこちらを向いた。

うわ、すごい驚いてる。

「あ、天沢さん、いつからそこに……」

「ずっといました」

そうだ。話しかけられたついでに、誤解を解いておこう。

「それから、何か誤解があるようですが、違います。私は人事部の弱みなんて、一切握っていませんので」

誤解されて面倒になるのはごめんだと思って弁明したら、却って空気を悪くしてしまった。

秘書課を出てドアを閉めたと同時に、騒ぎ出すのが聞こえる。

「何、あいつ！　黙って盗み聞きしてるなんて最悪！」

「てか、全然表情変わんないよね。さすが鉄仮面……」

「そういうところが、余計ムカつくんだけど！」

き、聞こえてます……。

でも、私にわざと聞こえるように悪口を言っていたわけじゃないということはわかった。

まあ、悪口を言われていたことには、変わらないんだけど……。

盗み聞きなんて人聞きが悪い。

いつも通り出社したらたまたま私が一番乗りで、普通に準備を整えていたら、出社してきた皆が、私に気が付かずに悪口合戦を始めただけだ。

私にわざと悪口を聞かせようとしている可能性がある中、『あのー……私、ここにいるんですけど』なんて言えなかった。

でも、そんなつもりがなかったのなら、言えばよかった。

「はぁ……」

それにしても、変なあだ名を付けられたものだ。

確かに表情豊かな方じゃないけど、鉄仮面なんて酷《ひど》い～……！

月曜日から嫌な気分になってしまった。

表情には出ないかもしれないけど、気にならないわけじゃない。でも、悟《さと》られるのは悔《くや》しいから、口には出さないけど……。

私が副社長以外の担当秘書なら、ここまで悪口も叩《たた》かれなかっただろう。

階段を使って三つ上の階にのぼり、副社長室に向かう。

エレベーターを使わないのは、健康のため……なんて立派な理由じゃなくて、単純にエレベーターを待つ時間が勿体《もったい》ないからだ。

副社長室のドアをノックすると、「はいはーい」と声が返ってきた。

ドアを開けると、キレイな男性がパソコンに向かっている。

彼こそが我が社の副社長——神楽坂湊《かぐらざかみなと》さんだ。

「副社長、おはようございます」

「おはよ。ちょうどよかった。あのさ……」

「紅茶ですね」

「さすが、俺の秘書。あ、ちょっと今日、昨日の酒のせいで気分が悪くてさぁ……」

「ストレートじゃなくて、蜂蜜《はちみつ》ですね」

「うん、蜂蜜《はちみつ》はたっぷり目で……今朝コンビニで蜂蜜入った紅茶買ってみたんだけどさ、俺、やっぱお前の淹《い》れた紅茶じゃないとダメだわ」

紅茶、蜂蜜、ネットの聞きかじりだけど、どちらも二日酔いに効くらしい。

副社長の秘書になったばかりの時、彼が二日酔いで気分が悪そうにしていたので、調べて出してみたところ、かなりよくなったそうだ。

三年経《た》った今でも、飲みすぎて気分が悪い時には要求される。

「成分的に一緒なら、効果は一緒だと思いますよ。私が出さないとダメだっていう思い込みでの効果じゃないですか？」

「可愛《かわい》くないこと言うなよー……そこは喜ぶとこだろ？」

「はあ……でも、嬉《うれ》しくないのですが……」

副社長は頬杖《ほおづえ》をついて、紅茶を淹れる私をジトリと睨《にら》む。

正直に言いすぎたようだ。バツが悪いので、特に訂正せずに紅茶を淹れることに徹する。

それにしても、相変わらず綺麗《きれい》な顔だなぁ……。

飲みすぎて気分が悪いはずなのに、ダークブラウンの髪はしっかりとスタイリングされている。

百八十センチという高身長に、芸能人だと言われたら信じてしまいそうなほど見事に整った顔立ち――実年齢は三十四歳だけど、まだ二十代後半ぐらいにしか見えない。でも、本人はそれが嫌だと前に言っていたのを聞いたことがある。

男の人って、みんなそうなのかな？　私は若く見られると、嬉しいけど……。

「はい、どうぞ。熱いので、気を付けてくださいね」

「ん、ありがとう。……うん、美味《うま》い」

結構熱いのに、副社長はグビグビ飲んでいく。見てるだけで火傷《やけど》しちゃいそう。

「あ、きたきた。効いてきた」

「そんな早く効くわけないじゃないですか」

「ホントだって。ほら、さっきまで具合悪そうだったけど、今はいつも通りのイケメンに戻ってきただろ？」

カップを片手に、ウインクをしてくる。

確かにイケメンだけど、自分で言うところが……アレだ。

「休日前なら構いませんが、翌日が出社日の時は控えてくださいといつもお願いしてるじゃないですか」

「ボケをサラッと流すなよ。突っ込んでくれ。こっちはウインクまでしてるんだぞ。突っ込まないと可哀想《かわいそう》だと思わないのか？　思うだろ？」

「あのー……私にそういった芸当を求めないでください。苦手だって、知ってるじゃないですか」

内心焦《あせ》りながらも、表情には出ていないから気付かないだろう。チラリと副社長の方を見ると、満足そうな笑みを浮かべていた。

な、なんで？

副社長の下で秘書をするようになってから三年経つけれど、彼のことは未《いま》だにわからないことだらけ。

「まあな。でも、苦手だからこそ面白いんじゃないか」

「はあ……」

どこが⁉　わ、わからない……。

ユーモアのある人間なら、副社長の言っている意味がわかるのだろうか。

「ていうか俺、昨日は飲みすぎてないよ」

「じゃあ、なんで蜂蜜入りの紅茶が飲みたいんですか？　二日酔いだからでしょう？」

「二日酔いだよ。でも、いつもなら無理のない量しか飲んでない。こういうのは、その日のコンディションにもよるからな」

なぜか、ドヤ顔だ。

「飲まなければいいじゃないですか」

「なんでそうなるんだよ」

「だって、飲まなきゃ体調も悪くならないでしょう」

「極論すぎるだろ」

「これを機にやめたらどうですか？　お酒は身体に悪いです。百害《ひゃくがい》あって一利《いちり》なしです」

「いやいや、そんなことないって、いい女と飲む酒は楽しい。ストレス解消になって、むしろ身体にいい。もし、百害あったとしても、悔いはなしだ」

相変わらず女性の影が絶えない人だ。

まあ、これだけイケメンだと、頼んでも放っておいてもらえないんだろうけれど……。

社内でも狙っている人が多すぎて、常に傍《そば》に居る私への嫉妬《しっと》の眼差《まなざ》しがすごい。恐ろしい視線と悪口という名のナイフで、ザックザクに刺される毎日だ。

ちなみに、近場で遊ぶと面倒なことになるので、絶対に社内の女の子には手を出さないのがポリシーだと前に言っていた。

そういうルールを決めているあたり、根っからの遊び人って感じだ。

「そういやお前は、あんまり飲まないよな」

「仕事で避けられない時はたしなみ程度に飲みますけど、普段は全く飲まないですね」

「たまには飲みたいな〜……とか思ったりしないのか？　俺でよければ、いつでも付き合うけど？」

　誘ったら、本当に飲みに行ってくれるのかな。

「色々と付き合いがあって、お忙しそうなので結構ですよ」

「お前の誘いなら、全部キャンセルして行ってやるよ」

「……っ」

　一瞬、勘違いしてしまいそうになるのが悔しい。

　違う、違う。変な意味じゃない。からかわれてるだけ。

「ありがとうございます。でも、飲みたいと思わないので結構です」

「なんだよ。面白くないな。あ、体質的に酒が合わないとか？」

「いえ、多分大丈夫だと思います。深酒《ふかざけ》はしたことないですけど、多少頭がぼんやりしたり、顔が熱くなる程度で、気持ち悪くなったことはないので」

「じゃあ、単純に興味がないのか」

「はい」

「ふーん……そういえば、最近飲まない若者が増えてきたってニュースでやってたな」

「お酒の売り上げが下がってきたらしいですよね」

「な。まあ、興味が出て飲みたくなった時は、いつでも誘えよ。というか、いきなり俺以外の男と飲みに行くのはやめておけ」

「どうしてですか？」

行くわけもないけど、一応尋ねてみる。

「酔わされて、お持ち帰りされたら困るだろ。酒は怖いからな。信用のおける人間と飲んで自分の限界量を見極めておいて、危ないなって思うような人間と飲む時は限界手前までにしておくもんだ」

「なるほど。勉強になります」

「勉強代として、もう一杯紅茶をくれ」

「かしこまりました」

こういう時は、一杯どころか、二杯でも済まない。四杯は飲むと知っている。それだけ飲むとお昼の少し前辺りには体調がよくなるのがお決まりのパターンだ。

「あー……美味い。そうだ。お前、この土日は、いい休日だったか？」

「そうですね。なかなかよかったです」

「四週目の土日だったから、いつも通り一人で日帰り温泉に行ってたのか？」

「はい」

私の趣味は、日帰り温泉に行くことだ。

毎週末は近場のスパに行って、一か月に一度だけ、自分へのご褒美で少しだけ遠い温泉に日帰りで行ってくるのがお決まりのパターンなのだった。

遊びに行くほど親しい友達は近くに住んでいないし、生まれてこのかた恋人もいないので、いつも一人行動しかしない。

ちなみに、友達が一人もいないというわけではない。そんな簡単に会えない距離ではあるけど、私にも親しい友達が一人だけいる。

高校の時にできた友達の唯《ゆい》は、とても明るくて、優しい子だった。

別々の大学に進学してからも交流があって、ちょくちょく会っていたけれど、大学三年生の時に留学先のイギリスで運命的な出会いをして、卒業と同時に向こうで結婚！

すぐに子供もできたから、なかなか会うこともできなくて、メールでのやり取りを続けている。

「相変わらず、ばあちゃんみたいだなぁ……」

「放っておいてください」

「んで、俺には聞いてくれないの？」

「聞かなくてもわかりますよ。どうせ女性と楽しく過ごしていたんでしょう？」

「あれ、もしかして、妬《や》いてんの？」

「……どうぞお好きにご想像ください」

ため息を吐《つ》いて、そんな素振りがないように見せる。

でも、実際はその通りだ。

私はずっと、副社長に恋心を抱いている。

女性関係は派手だ。でも、彼は副社長の座に相応《ふさわ》しい実力があり、それに甘えない努力家である。

しかも涼しい顔をして、努力しているところを見せないのがまたすごい。私が気付いたのは、彼の秘書になってから随分後のことだった。

彼は誰よりも早く出社し、帰るふりをして残って仕事をしている。恐らく社長よりもアミュレットのことに詳しいはずだ。

自分が知らなくても問題のないことまで把握しないと気が済まないようで、社内の情報を隈《くま》なくチェックして、頭に入れていた。

しかも、本社から支部に渡って二千七百人いる全社員の顔と名前を記憶している。今月は新入社員が入ったから、今も覚えている最中か、もしくはもう覚えているか……。

これらのことがわかったのは、偶然からだ。

私がたまたま早く出社したり、忘れ物を取りに来た時に見かけて……だったり、会話の流れで副社長が知らないはずの名前を出したら、普通に知っていたり……という感じ。

軽薄そうに見えるから、最初は苦手意識を持っていた。

でも、彼の本質を知るたびにそんな気持ちは砕《くだ》けて尊敬に変わり、それが恋心へ変わったのはあるところを目撃したからだ。

『副社長、天沢さんを秘書から外してください。いえ、それだけじゃなくて、秘書課からどこか違う部署に異動させてください！』

廊下を歩いていた副社長に、秘書課メンバーが直談判《じかだんぱん》をしているところに出くわしてしまった。

『どうして？』

『私たち、あの人に嫌がらせされてるんです。あんな人が副社長の秘書なんて、我慢できません！』

『仕事だって自分一人じゃできなくて、いつも手伝わされてるんですよ？　それなのに自分一人の力でこなしてます、なんて顔して……信じられない！』

あまりにも衝撃的な言葉が曲がり角から聞こえてきて、私は思わず足を止めた……というよりも、固まった。

ええっ⁉　何を言ってるの⁉

嫌がらせなんてしていない。というか嫌われているのがわかっているので、いつも必要最低限しか話さない。もちろん、仕事を手伝ってもらったことなんてなかった。

人気のある副社長の秘書が、私だなんて気に食わないから、嘘《うそ》を吹き込んで外そうとしてるんだ。

またた……。

副社長もきっと信じることだろう。

私はどうも人を苛立《いらだ》たせてしまうタイプの人間らしい。

学生時代から、こういったことは頻繁《ひんぱん》に起きた。

勝手に嫌われて、言ってもいないこと、やってもいないことを自分のせいにされて孤立してしまう。

必死になって弁明するほどに、事態は悪化していくことを経験で知っている。だから、今回も何も言うつもりはない。

傷付くことなんてない。いつものことだと思って、諦《あきら》めるしかないんだから。

いつものこと……いつものこと……。

心の中で、自分に言い聞かせるように呟《つぶや》く。

でも、副社長がその言葉を信じるのを想像したら、いつも以上に胸が痛い。

聞きたくなくてその場を立ち去ろうとしたら、副社長が小さく笑う声が聞こえた。

『天沢が？　あはは！　まさか、何かの間違いだ』

え……？

『なっ……間違いなんかじゃありません！　本当なんです！』

『いや、天沢はそんなことしないよ。あいつは真っすぐで、優秀な奴《やつ》だ。一緒にいるからこそわかる』

まさか、信じてもらえるだなんて思わなかった。

『……っ……副社長は、天沢さんに騙《だま》されているだけです……っ』

『騙されてないよ。人を見る目はある方なんだ』

彼女たちがどんなに訴《うった》えても、副社長は笑い飛ばすだけで信じない。

こんな人に出会うのは、初めてだった。

副社長は、人に惑《まど》わされない。自分で感じ、見たことしか信じない。

こんな人が、いるんだ……。

目の奥が熱い。涙が出そうになっていることに気付いて、慌ててトイレに駆《か》け込んだ。

嬉《うれ》しかった。

辛《つら》い時に流す涙は零《こぼ》れるたびに苦しかったのに、嬉しい時に出る涙はこんなにも胸を温かくするなんて知らなかった。

信じてくれて、ありがとうございます。

心の中で、何度もお礼を言った。

それが、彼に恋したキッカケだ。

女性関係が派手でも、関係ない。

引く手数多《あまた》の副社長から相手にされるなんて思っていないし、そもそも私は誰かと付き合おうなんて思っていないからだ。

こうして、一緒に仕事ができるだけで幸せだ。

「副社長、明日のレジェンドプロダクション社長との会食、お店を変更させて頂いてもよいでしょうか？」

「随分と急だな。何かあったか？」

「金曜に偶然お見かけしたんですが、少し足を引きずっていらっしゃったんです。ちょっと探ったら、痛風《つうふう》になられたみたいで。予定のお店ですと、全席座敷《ざしき》なので辛いかなと」

「いつもは座敷じゃないと落ち着かない人だからの選択だったのに、却って仇《あだ》になったな。今からで変更間に合うか？」

「はい、ラークハイアットホテルの花暦《はなごよみ》を押さえました。予定通りの和食でテーブル席です」

「さすが、ラークハイアットには確か……」

「お手洗いにうちの新製品のテスターを置いて頂いています。まあ、運がよければ、さり気なくアピールできるかなと」

「だな。お前のおかげで助かったよ。ありがとな」

「いえ、それが私の仕事なので」

「可愛くないこと言うなよ。『あ～ん！　湊さんに褒《ほ》められちゃったぁ！　う・れ・し・い～！』とかなんとか言えよ」

そんなキャラじゃないって知ってるくせに……。

思わず睨んでしまうと、満足そうな笑みを浮かべられた。

どうしてそんな顔をするの？

い、意味がわからない。

でも、笑顔が可愛い……とか、思ってしまう。

「そういえば人事異動で、常務にお前が欲しいって言われて」

「えっ」

「安心しろよ。速攻断った。お前は俺のベストパートナーだからな」

「そうですか」

よ、よかった〜……！

「だから喜べっての」

心の中では大喜びだ。でも、気持ちがバレたら大変だし、何も言わない。

「なんか喉《のど》がイガイガするな。天沢、飴《あめ》ちょうだい。塩昆布《しおこんぶ》飴とかじゃない甘いやつな」

「ありませんよ。というか、なんで塩昆布飴なんですか？」

「ばあちゃんって、いつも飴持ってるイメージだろ？　特に塩昆布飴。でも、あれ、しょっぱいから苦手なんだよな」

「誰がばあちゃんですか」

「一人しかいないだろ」

「もう、いい加減人をおばあちゃん呼ばわりするのはやめてください」

異性としての一番に……なんて叶《かな》わない夢を見るつもりはない。でも、仕事を支える一番のパートナーになりたい。それが今の私の夢だ。

◆◇◆

「重……っ」

特売だったから、醤油《しょうゆ》と牛乳とキャベツを買ったんだけど、さすがに重すぎたなぁ……。

仕事を終えた私は、スーパーに寄って食材を買ってから家に帰った。

駅近で、築十五年の２ＬＤＫのマンションに、母親と住んでいる。父親は生まれた時からいない。私ができたと聞いて、逃げてしまったそうだ。

「ただいま」

誰もいないことを確かめ、ホッとする。

母が苦手で同じ空間にいると疲れてしまうので、いないと嬉しい。最近は忙しいようで、ほとんど顔を合わせないから気が楽だ。

このままずっと忙しかったらいいのに……。

母親とソリが合わないなら、一人暮らしすれば？　という話なんだけど、母から激しい反対を受けて現在に至る。

弁護士の母は家事をする時間がなくて、部屋が荒れてしまうのが嫌だし、食事を作る気力もない。

かといってデリバリーは栄養バランスが偏《かたよ》ると、昔から家事は私の仕事……出ていかれたら困ると言われてしまった。

　ちなみに他人を家に入れるのが嫌なので、ハウスキーパーを雇うのはＮＧ……ここに居て家事をしてくれたら、家にお金を入れなくていいと言われているので、貯金が貯《た》まるしということで納得し、ここに住み続けている。

……まあ、どうしても出ていこうとしたら、『保証人になんてなってあげないからね』『今まで育てた恩《おん》を忘れたの？』なんて言われてしまったのが大きい理由だ。

保証人の件は代行会社を使うとか、そういうのが必要ない物件を選べばいいんだろうけれど、最後の言葉が胸に刺さって、一人暮らしをしたい気持ちが萎《しぼ》んでしまった。

「はあ……」

家に居ると、ついため息が零れてしまう。

食事と入浴を済ませて、そろそろベッドに入ろうとしていたら玄関が開いた。

ああ、帰ってきたんだ。

顔を合わせたくないし、さっさとベッドに入ってしまおう。

ベッドに入って電気を消して、スマホを弄《いじ》り始める。するとノックもなしにドアを開けられ、今消したばかりの電気を点《つ》けられた。

「ちょっと、帰ってきたのと同時に、電気を消すなんて嫌味《いやみ》なことしないでよ！」

　顔が真っ赤だ。

うわぁ……すっごい酔っぱらってる！

母は酒癖《さけぐせ》が悪いので、飲んでいる時はいつも以上に顔を合わせたくない。

失敗した。もっと早くに寝ておけばよかった。

「お帰りなさい。ちょうど寝るつもりだったの」

「言い訳しないでよ！　ああ、もう、せっかくいい気分で飲んできたのに、台無し！　水持ってきて」

自分でしなよ！　なんて言ったら、もっと大変なことになりそうなのでベッドを出て、黙って従う。

お水を持っていくと、母はスーツを脱ぎ散らかして、ソファに寝転んでいた。

「はい、お水。スーツ、シワになっちゃうよ？」

「かけておいて。明日のブラウスも出して……それから、拭《ふ》き取り用のメイク落としも持ってきて」

「私、明日も仕事なんだけど……」

口答えしたら面倒なことになるとわかっていても、つい言ってしまう。

「私だって仕事よ！　あんたが熱を出した時に、看病してやったのは誰？　学費を出してやったのは誰？　あんたって本当に薄情《はくじょう》な娘ね」

お腹《なか》の底から怒りが湧き上がってきた。

学費はともかく、看病されたことなんて記憶にない。熱を出した時だって、家事をするように言いつけられていた。

でも、酔っ払いに言い返したって意味がない思って、グッと堪《こら》える。

いや、素面《しらふ》の時でも言ってくるけど、そこはあえて考えないことにする。

スーツをかけてブラウスを出し、洗面所から拭き取り用のメイク落としを持ってきた。

「はい、どうぞ」

「……何、その態度」

「普通だけど?」

「普通じゃないでしょ! 嫌々《いやいや》だって見え見えよ! ちょっと頼んだだけなのに、そんな嫌な態度を取るなんて、あんたって本当に最低な娘ね」

言いがかりだ。

内心はすっごく嫌だし、怒りで胸がいっぱいだけれど、私は表情や態度に感情が出ない。至って普通の態度だという自信がある。

感情が自然と表情に出なくなったのは、小さい頃からこのように言われて、我慢してきたからに違いない。

動物は、進化を繰り返す。

ペンギンが空を飛ばなくなって、海をすごいスピードで泳げるようになったみたいに、コアラが毒を含むユーカリを食べても解毒《げどく》できるようになったみたいに、私も因縁《いんねん》を付けられないように感情を表情に出さないよう進化したようだ。

でも、全然役立ってないみたい。

むしろ、退化？

母には相変わらず因縁を付けられるし、他人には何を考えているかわからなくて不気味だと陰口《かげぐち》を叩かれる始末だ。

「私の人生、あんたができたことで台無しになったんだからね。天沢家は代々優秀な人間を数多く出している家系で、私は特に成績がよくて、期待されてたの。だから本当に厳しく育てられたわ。習い事に勉強……当たり前だけど、遊びに行ったことなんてなかった」

酔った時には、いつもこの話が始まる。

「それ、もう何回も聞いたよ」

「その話とは違うわよ。そうやって途中で話を切り上げようとするところ、あんたの父親にそっくり。血は争えないわね」

母は父のことを悪く言うことはあっても、よく言ったことは一度もない。

子どもをはらませて逃げるような男と私を同じ扱いにしないでよ……！

「……じゃあ、何？」

「聞きたくないならいいわ」

その通りですと言ってやりたかったけど、本音を口にしたら、明日からの家の空気が最悪になるのは目に見えていたのでグッと堪える。

「そんなことない。聞きたいよ」

そう答えると、母はニヤリと笑う。

「そんなに聞きたいのなら、まあ、いいけど」

は、腹立つ～……！

しかも、違う話だと聞いていたのに、やっぱり同じ話だった。

必死に努力を重ねて母は、弁護士となった。

期待を胸に抱《いだ》き、光り輝く道を歩き出していた……はずだったのに、私の父に出会ってしまったことで道を踏み外す。

勉強ばかりで恋愛経験などまるでなかった母は人懐《ひとなつ》っこい彼に絆《ほだ》され、いつの間にか男女の関係になった。

顔がすこぶるよかった父は、何らかの芸能関係の仕事に就《つ》いていたらしい。

でも、よかったのは、顔だけ。

才能がない父は鳴かず飛ばずで、一人で生活できるだけのお金を稼ぐことはできず、母が養っていたそうだ。

――今、僕がこうして生きていられるのは、キミのおかげだよ。ありがとう。愛してる。

そう言いながらも、自分以外にも女の影が見えることに、母は焦《あせ》りを感じていた。

じゃあ、結婚して？　と言っても、もう少し甲斐性《かいしょう》ができてから……と言われて断られてしまう。

そんな時にできたのが、私だった。

妊娠した。

その事実で、彼を縛り付けることができる。母は生むしか選択がなくなる時期まで父に内緒にし、そこでカミングアウトした。

父は戸惑《とまど》ったが、結婚しようと言ってくれたそうだ。

でも、その日から連絡が付きづらくなり、不安になった母が責めると、『キミと子供を養うために芸能界を辞める。仕事を探していて忙しいんだ。寂《さび》しい思いをさせてごめん。でも、仕事が見つかるまで辛抱《しんぼう》してくれないかな？』と言われ、母は信じた。

しかし、連絡は日に日に減って、そしてとうとうなくなった。電話も繋《つな》がらない。住んでいたアパートも解約されて、行方《ゆくえ》知れず。

母に残されたのは、私だけ……。

忘れたい。でも、男に似た子供が傍に居たら、嫌でも思い出す。

男に騙され、未婚で子を生んだ母は就職した弁護士事務所にも居辛くなって退職し、天沢家から絶縁された。

でも、子どもには何の罪もない。

子どもを幸せにしたいと再び別の弁護士事務所に就職し、必死に育てた。

だからお前は何不自由なく、幸せに育った。お前はいい親を持った。母に感謝すべきだ……という美談で締めくくられる。

そこまで話したところで満足したらしくて、母は気持ちよさそうに寝息を立て始める。

何度か声をかけてみるけど、起きる気配はない。

そのまま放置したいところだけど、風邪を引いたら……と思ったら無視できなくて、一応ブランケットをかけておいた。

部屋に戻って、私もベッドに入る。

さっきまですごく眠かったのに、ムカムカして寝付けない。

「最低……」

勝手に美談にしないでほしい。

勝手に幸せだと決めつけないでほしい。

『あんたが生まれてこなければ、こんなみじめな思いをしなくて済んだのに……』

子供には何も罪がないと言っておきながらも、小さい頃から大人になった今まで、何度そう言われただろう。何度理不尽《りふじん》を強いられてきただろう。

あんたに金をかけるのは勿体《もったい》ないと習い事はさせてくれなかった。でも、勉強と家事をしないと、私だって遊ぶ時間なんてなかった。

何か失敗するたびに、何か反抗するたびに、あの男の血のせいだと罵《ののし》られて、やりどころのない気持ちで苦しかった。

血のことを言われたって、どうすることもできない。全身の血液を入れ替えたって、私の父親が母を捨てた男だということは変わらない。

『恋愛や結婚なんてくだらない。愚かなことよ。賢い女は男に頼らず、一人で生きていく力を身に付けること。わかったわね？』

母は自分が大きな失敗をしたので、私にはそうならないように自立した女になれと言い続けてきた。

世の中には素敵な恋愛をして、最後まで添い遂げる人だっているって知ってる。だから、恋愛が愚かなことなんて思わない。

でも、私は一人で生きていく。

こんなろくでもない育てられ方をした私が、誰かと愛を育《はぐく》むなんて……ましてや誰かに愛されるなんて無理だ。

人を好きになれたことが奇跡！　密《ひそ》かに副社長を想《おも》っていられたら、それで十分。

期待しなければ、傷付くこともない。だから私は一人で生きていく。

きっと父に騙されて傷付いた母も、そうして生きていくのだろう
今までも、これからも、ずっと——。


しかし、予想は予想であって、現実ではない。

「え？」

「だから、私、結婚して新居に住むから出ていくわ。このマンションはすぐ売っちゃうつもりだから、あんたは早いところ引っ越し先を決めてね」

翌朝、二日酔いで怠《だる》そうにする母の口から、信じられないことを告げられた。

いつもは深く飲んだ次の日は不機嫌なのに、左手の薬指に光るダイヤの指輪を見ては、幸せそうに口元を綻《ほころ》ばせている。

指輪をしていたなんて、全然気付かなかった。

「え……？　だって、恋愛なんて……結婚なんて……くだらないことって言ってたのに……」

「やぁね。いつの話？　昔の話をいつまでも引きずるなんて、あんたって本当に子供ね」

「いや、つい最近まで言ってたじゃない！」

「記憶にないわ。……なぁに？　私が結婚するのが寂しいの？　あんたも大人なんだから、親離れしなさい」

「そんなんじゃなくて……っ」

「……はあ、もう、しつこい。恋愛経験がないから、いつまでも子供のままなのよ。あんたも恋愛の一つや二つ、してみたらどう？」

母はコーヒーを飲み干すと、呆然《ぼうぜん》とする私を残して仕事へ向かったのだった。

人には恋愛も結婚もするなって、言ってたくせに……！

二章　一夜の過《あやま》ち

母の衝撃の発言から、一か月が経つ。

「副社長、おはようございます」

「おはよ。今週の土日もスパに行ったのか？」

「いえ」

「お、珍しいな。どこかに出かけたのか？　というか、なんか疲れた顔してるな」

「はあ……土日は引っ越しでバタバタしてしまって」

「引っ越し？　お前はお母さんと暮らしてんだよな？　ついに一人暮らしか？」

「はい」

この一か月間、本当に大変だった……。

四月は物件が少ない月らしくて、なかなか自分に合う条件の物件が見つからなかった。

苦戦している間にも『早くマンションを売りたいから、決めてきて！』と母にプレッシャーをかけられ、ようやく見つけたのが今のマンションだ。

会社まで二駅の場所にある築十七年のワンルームで、家賃は管理費も含めて六万円だ。

今までと比べたら当然狭《せま》いけれど、中はリノベーションされていてキレイだし、オートロック玄関でセキュリティもバッチリだし、会社まで近いし、慌てて探した割にはいい物件を見つけられたと思う。

「んじゃ、引っ越し祝いやらないとな。なんか欲しいものないか？」

「ありがとうございます。でも、特に欲しいものはないです」

「遠慮するなよ。三年の付き合いだろ？　一人暮らしなら、新しい家具家電とか色々必要じゃないか？」

「いえ、遠慮してるわけじゃないんです。もう必要なものは、揃《そろ》えちゃいましたから」

と言っても、新しく買ったのは洗濯機ぐらいだ。

母から家具家電、好きなものがあれば全部持って行っていいと言ってもらえたので、遠慮なく持ってきた。

本当は洗濯機も前の家から持って来られたらよかったんだけど、新しい家には少し大きくて入らなかったので、唯一《ゆいいつ》購入した。

ちなみに母の新居の家具家電は、結婚した旦那《だんな》さんがすべて新しくて高級なものを揃えてくれるらしい。

「なんだよ。言ってくれたら、俺が買ってやったのに」

「買って頂けるわけないでしょう」

「なんで？」

「いくらすると思ってるんですか」

「うーん、五十万ぐらい？」

それ、どんな高級洗濯機……⁉

「乾燥機能の付いたものでも、そんなにしませんよ……」

「そうなんだ？」

「そうなんです。でも、ありがとうございます。お気持ちだけ頂いておきます」

母は宣言通り、本当に結婚した。

新しく顧問弁護士を務めることになった会社の社長から猛《もう》アプローチをかけられ、出会ってから半年でのスピード結婚……。

今思えば、半年前から妙に機嫌がよかった。

ていうか、あんたも恋愛の一つや二つ、してみたらどう？　って、どの口が言うんだろう。

クラスの男子と会話したっていう話をしただけで『男好きな子ね。やっぱり父親の遺伝を引いちゃったみたいね』なんて言ってたくせに……！

　考え出したら、どんどん腹が立ってきた。

　自分は、何⁉

　娘にあれだけ愚かだと教えていた恋愛をして、結婚をするって……なんなの？　言ってること、やってること、全然違うじゃない！

　母が絶対に文句を言いそうなことや禁じられていたことをやってみたくなって、思い付いたのがお酒だった。

　お酒を飲む場に行くのは、遊んでいる女のやることだ――なんて言って私には禁じていた。

　自分は飲みに行く癖に……！

「じゃあ、他に欲しいものは？　値段は気にしないでいいぞ」

「いえ、欲しいものはないんですが、教えて頂きたいことが……」

「俺のプライベートの連絡先？」

「いえ、違います」

「相変わらずつれない奴だな。で、何が知りたいんだ？」

「おススメのバーってありますか？　一人で飲みに行ってもおかしくないところで……あ、値段は良心的なところがいいんですが……ルール？　とかもあるんでしょうか」

「どのバーも一人で飲みに行ってもおかしくないだろ。バーなんだから……って、え？　何？　お前、飲みに行きたいの？」

「はい」

「どういう風の吹き回しだよ。バーに梅昆布茶《うめこぶちゃ》はないぞ？」

「わかってますよ。また人をおばあちゃん扱いして……私はバーでお酒を飲んでみたいだけですっ！」

「ふーん？　じゃあ、俺が連れて行ってやるよ」

「えっ」

「初めて飲みに行くなら、誰かと一緒の方がいいだろ。酔い潰《つぶ》れて、その辺の男に持ち帰られたくないしな」

「はあ……」

　酔い潰れるまでは酔わないと思うけれど、バーのルールもわからないし、副社長が一緒だと心強い。

「いいな？」

「わかりました」

「じゃあ、決まり。今週末、予定空けておけよ」

「はい、よろしくお願いします」

プライベートで副社長と出かけるなんて初めてだ。

胸の中が母への苛立ちでいっぱいだったけれど、いつの間にか彼と出かけるドキドキの方が大きくなる。

どんな格好で行けば……オメカシした方がいいのかな？

ううん、変に気合いを入れたら、女性に慣れている副社長のことだ。意識していることがバレちゃうかもしれない。いつも通りの格好で行こう。

◆◇◆

副社長が連れてきてくれたのは、高級ホテルの最上階にあるバーだった。

まさか、バーに来る日が訪れるなんて思わなかったなぁ……。

バーテンダーが真正面にいるカウンター席と、夜景を楽しめるテーブル席がある。副社長は夜景が楽しめる方がいいだろうとテーブル席を選んでくれた。

「キレイ……宝石箱みたいです」

東京に住んでいながら、こうして夜景を見るのは初めてだ。

「夜景に感動するなんて、可愛いとこあるじゃん」

「からかわないでください」

「別にからかってねーよ。で、お前、どんな酒が好き?」

「どんなって、どんなですか?」

「ああ、そうか。酒の知識が全然ないのか」

「はい、ビールと日本酒とカクテルが違う種類ってことぐらいしかわかりません。ビールは苦くて、美味《おい》しくなかったです」

テーブルにあるメニュー表を見ても、どんな味なのか全く想像できない。

ピーチクーラー……ピーチはわかるけど、クーラーって何? 冷えるの?

「なるほど。甘いのが好きとか、辛《から》いのが好きとか、酒の味が濃いヤツが好きとか、苦手とか」

「甘いのがいいです。濃いのは苦手かもしれません」

「フルーツ系はどうだ? 桃、りんご、苺《いちご》……」

「あ、苺がいいです」

「ばあちゃん、梅じゃなくていいのか?」

副社長は、からかう気満々といった様子で笑っている。

「結・構・で・す」

「あはは、じゃあ、フレイズ・リシェスはどうだ？　シャンパンと苺のカクテル。甘くて飲みやすいぞ」

「よくわからないので、ひとまずそれで」

「ん、俺はモヒートにするかな。今日の昼食がもたれてるから、まずはサッパリしたい」

「なんですか？　それ」

「ラムベースで、ミントとライムが入ってる酒だよ。美味いし、夏には結構色んな店で飲めるぞ」

「へえ、美味しそうですね。……副社長は、ここにある全部のメニューが、どんなお酒かわかるんですか？」

「いや、さすがに全部はわからないけど、だいたいならわかるかな」

「すごいですね」

メニューは軽く百を超えていそうだ。どれだけ通えば、覚えることができるんだろう。

副社長は慣れた様子でお酒と、軽いおつまみを頼んでくれた。

お昼は会食だった。

遅めの昼食だったたし、メニューが天ぷらと重かったので、まだお腹に残っている。今はまだ軽いもので十分だ。

「じゃあ、乾杯《かんぱい》」

「乾杯です」

不思議な名前のお酒は、甘くて、ビールとは全然違った。

「どうだ?」

「想像してたより、ずっと美味しいです」

「よかったな。モヒートも美味いぞ。飲んでみるか?」

副社長が自分のモヒートを勧めてくる。

間接キスになると気にしてしまうけれど、副社長はそんなの全く気にしている様子はない。

慣れてるんだろうなぁ……間接キスどころか、それ以上のことも。

私とは全然違う世界に生きている人だと改めて自覚する。

「どうした?」

「いえ、頂きます」

一口飲んでみると、ミントの味が口から入って、鼻の中を爽《さわ》やかに通り抜けていく。

「美味しいです。サッパリしますね」

「だろ?」

「お酒って全部ビールみたいに不味《まず》いのかと思ってましたけど、こんなに美味しいものもあるんですね」

　母がよく飲みに行っていたのも、副社長がお酒を好きだと言うのも納得だ。

「ビールは、喉越《のどご》しを楽しむといいぞ」

「喉越し？」

「そう。舌を通さずに、一気に喉に流し込む。そうすると喉が気持ちいい」

「気持ちいい……ですか。炭酸ジュースみたいな感じですか？」

「いや、ジュースよりも気持ちいい」

　前に飲んだ時は喉越しを感じる余裕なんてなかったから、ちょっと試してみたくなる。

「そのうち慣れて、味も美味しく感じるようになる」

「そうなんですか」

「ああ、風呂上りとか、暑い日に飲むビールは最高だぞ」

　今度、試してみようかな。

　二杯目のカクテルも、美味しかった。今度は桃のお酒だ。甘くて、ほんの少しお酒の味がするけど、ほとんどジュースみたい。

　飲み進めていくうちに、頭がぼんやりしてきた。

酔ってきてるのかな？　なんだかフワフワしていい気分だ。油断したら、鼻歌を口ずさみたいくらい気分がいい。

「そういえば、新居はどうだ？」

「はい、なかなかいいですよ。ワンルームだから狭いですけど、手の届く範囲に全部あって楽です」

「よかったな。一人暮らしは初めてか？」

「はい、そうです」

「寂しくないか？」

「いえ、全然です」

「そうなのか？」

母が居なくなってからというもの、気を遣《つか》わなくていいし、家事も一人分だし、生活がすごく楽になった。

でも、心の中にある母への怒りはくすぶり続けて、小さい頃から押し付けられた理不尽なことを思い出して、時折胸が苦しくなる。

彼女は今頃、好きな人と幸せに暮らしているんだろうと思ったら、余計に……。

「はい、実を言いますと、母との仲は良好と言える状態じゃなかったので、楽になりました」

酔っているせいだろうか。なんだかいつもより喋《しゃべ》りすぎてしまっている気がする。

いや、そんなこともないかな？　あれ、何が普通で、何が普通じゃないのかわからなくなってきた。

「そうだったのか。そういえば、お父さんは？」

「最初からいないんです。母は未婚で私を生んだので。どんな人なのかも知らないんです」

「ってことは、死別？」

「いえ、私ができたって聞いたら、逃げちゃったらしいです」

家の事情を話すなんて初めてだ。

話したい衝動を感じたことすらなかったのに、今日は無性に聞いてほしい。むしろ今まで口にしなかったのは、どうしてだろうと思う。

「悪い。辛いこと聞いたな」

「いえ、父親が居ないことに辛さを感じたことはないです。でも、母がきつくて……」

「例えば、どんな風に？」

「私と父の姿を重ねて、小さい頃からずーっと理不尽を押し付けてきたんですよね。今まで、色々禁止されてきました。遊びとか、恋愛どころか、ちょっと男性と話すだけでも、文句を言われて……」

「うげ、キツイな……あ、じゃあ、お前に男っ気がなかったのは、隠してたんじゃなくて、本当に？」

「そうです。本当になかっただけです。この歳で恋愛経験ゼロです」

「マジか。こんな可愛いのに、男が居ないわけないからさ。相当隠すのが上手《うま》いんだと思ってたけど、そういう理由か」

「……っ⁉」

今、可愛いって言った？

さすが女性慣れしてるだけあって、息をするように女性を褒める。

「何か母の気に食わないことをしたら、そのたびに『さすがあの男の血を引いてるだけあるわね』なんて言われて……」

「あ、それ、俺も言われた」

「えっ！　副社長も？」

「そうそう。俺の場合は、『さすがあの女の血を引いてるだけあるわね』だったけどな」

「女？」

「俺、生みの母親が父親の愛人で、育ての親は父親の本妻だからさ」

「えっ⁉　愛人？　社長に愛人が？」

「あれ、知らなかった？」

「一応知ってました。でも、副社長ご本人から聞いた話じゃないですし、単なる噂話《うわさばなし》だと思ってました」

「いや、本当だよ」

副社長のお父さんは、アミュレットの社長だ。

たまにお姿を拝見するけれど、とても穏《おだ》やかな顔立ちで、そういうのに縁がなさそうというか……とにかく愛人がいるような印象ではないので、なおのこと信じていなかった。

人って見かけによらないなぁ……。

「本人から聞いた話じゃないと信じないところが、お前らしいな」

「そうでしょうか」

「ああ、そこがお前のいいとこだよな」

「……っ」

まさか褒めてもらえるだなんて思っていなかったから、嬉しくて、ただでさえ熱くなっていた頬《ほお》がますます熱くなる。

「父さんと本妻の間には子供ができなくてさ。でも、周りからは早く跡継《あとつ》ぎを～ってプレッシャーかけてたみたいで、一時期家の空気が悪かったらしいんだよね」

跡継ぎ……会社を持っていたり、お金持ちの家の人は大変だ。

「んで、クラブで働いていた俺の母親と出会ってそういう仲になって、そのうちに俺ができたってわけだ」

「えっと、副社長がじゃあ、その後も子供は……」

「うん、どちらかに問題があるわけじゃなかったんだけど、できなかったらしい。で、そのうち父さんがおたふく風邪にかかって、高熱出しちゃってアウト」

「アウト？　どうしてですか？」

「そう。男ってさ、高熱出すと、種ナシになる可能性があるんだよ」

「……あっ！」

頭がぼんやりしていてピンと来なかったけど、聞いたことがある。

「……で、俺は腹が違えど、神楽坂の血を引いてるってことで、養子になったってわけだ」

「お母さんと離れるの……辛くありませんでしたか？」

「物心つく前だったから平気だ」

「会ったりは……」

「ない。まあ、どんな人だったのか気にならないって言ったら嘘になるけど、会えないんだ」

「どうしてですか？　あっ……もしかして、亡くなってるんですか？」

「いや、生きてる。俺を養子に出す時に交わした約束のせいで会えないだけ」

「会わないことが約束だったんですか？」

「ああ、二度と会わないことと、第三者に俺が自分の息子だと口外しないこと。守る代わりに多額の金を渡してる。だからこれからも会うことはないだろうな」

お金で子供を売り買いしているみたいで嫌だ。副社長はこの約束を聞かされた時、どんな気持ちだったんだろう。

……どんな気持ちだったんだろうじゃないよ。考えなくったってわかる。嫌に決まってるでしょ！

「……っ」

涙が出てくる。

「うぅ……」

我慢できなくて、あっという間にこぼれてしまった。

「え、何？　どうした？」

「……っ……副社長、それ……聞いた時、どう思った……んですか？　辛……っ……くなかったですか？」

「ええっ!?　そうだな。辛くはない。金に困ってたらしいから、むしろよかったなってくらいしか思わなかったと思う」

「優しい……ですね。本当に……」

「いやいやいや、俺自身も金に困ってる母親のところで育つよりも、財力のある父親の元で育てられてよかったなと思ってたからな。純粋な優しさではないだろ」

「優しいですよ……」

私が副社長の立場なら、もっとネガティブな考え方をしているに違いない。

「あ、こら、目ぇ擦《こす》るな。化粧が落ちる。前向いて、ジッとしてろ。顔に触んな」

副社長はハンカチを出して、私の涙を拭いてくれた。

「あっ……化粧で汚れ……」

「気にすんな」

ハンカチからは、副社長の使ってる甘い香水の匂いがした。

いい香り……。

案の定ハンカチは、私の化粧で悲惨《ひさん》な色に染まっている。

「ああ……洗ってお返ししますから」

「気にすんなって。んで、話は戻るけど、かなり本妻にいびられて、何か失敗や気に食わないことをするたびに『さすがあの女の子供ね』って言われてたってわけだ」

まさか、副社長がそんな大変な思いをしていたなんて……。

「ううー……っ」

せっかく拭いてもらったのに、また涙が出てきてしまった。

「とととと、まさか、泣き上戸《じょうご》だったとはな」

「私、泣き上戸なんかじゃ……」

「はいはい」

流されてしまった。

本当に泣き上戸なんかじゃないのに……。

「俺の話に持っていって悪かったな」

「いえ、副社長のことが知れてよかったです……」

「可愛いこと言うじゃん。毎日酔わせたくなるな」

「えっ……嫌です。毎日なんて、アルコール中毒になっちゃうじゃないですか！」

そう答えると、爆笑された。

副社長は笑い上戸なのかもしれない。

「あー……面白い奴。で、お前の話だよ。母親から離れて一人暮らしになったのは、仲違《なかたが》いが原因か？」

「いえ、母が結婚するので、別居ということに……」

「お、めでたいな」

そう、おめでたいこと。でも、今までの仕打ちが頭の中をグルグル回って、とてもお祝いできる気持ちになんてなれない。

もう、腹が立つ……！

苛立ちをぶつけるように、グラスに残ったお酒を一気に呷《あお》る。

「おいおい、大丈夫か？」

甘くてジュースみたいとはいえ、頭がクラクラする。でも、こうでもしないとやっていられない。

「おめでたいなんて思えませんっ！　あの人、本当に自分勝手なんですよ……！　私にはずっと恋愛や結婚は愚かな人間のすることだ！　なんて言って禁止して、男の人と喋るだけでも嫌味を言っていたのに、自分は陰で……」

「確かに、勝手な話だよな。人に強要してるくせに、自分はちゃっかりなんてさ。早く母さんから離れられたらよかったんだけど、お前がそうしてないってことは、そうもいかなかったんだろ？」

「はい……」

わかってくれたことが嬉しくて、さっきとは別の涙が出てくる。

「一人暮らししたかったです。でも、別居したいって言った時には、家事をやる人がいなくなるからって、今まで育ててやった恩を忘れたのか？　なんて言われて、出ていけなくて……」

「ああ……それは、きついな」

「でも、いらなくなったら出ていけって……」

「自分勝手な話だな」

「そうなんです！　だから、悔しくなって……今日は……わ……らひ……」

喋りたいのに、だんだん口が重くなってきて、ろれつまで回らなくなってくる。

「なるほど。だから急に飲みにきたくなったわけか」

頷《うなず》くと、頭を撫《な》でられた。

「これはいいチャンスだ」

「チャンス？」

「お前に恋愛禁止って言ってきたくせに、自分はちゃっかり恋愛して、結婚までしたのは腹が立つ」

「ひゃい……」

「呂律《ろれつ》回ってないな。まあ、いいや。とにかく、これ以上母親にお前の人生をくれてやるな。

お前の人生は、母親のことを考えることに使うんじゃなくて、お前だけのために使え」

「……ひゃい」

「大丈夫か？　意味、わかってるか？」

「わかってましゅよ……」

嘘だ。頭がぼんやりして、言葉の意味がよく理解できない。でも、副社長の言っていることが正しいということだけはわかる。

「そろそろ水にしておいた方がよさそうだな」

「や……です。せっかく飲めるようになったのにぃ……」

「まあ、それもそうか。気持ち悪くなってないか？」

「らいじょうぶれす……」

気持ち悪くない。むしろフワフワして気持ちがいい。

「やめろとは言わないから、水と交互に飲めよ」

「ひゃい」

副社長はお水とお酒のお代わりを頼んでくれる。「アルコール少な目で」と注文していた。

さっきのままで平気なのにと文句を言ったけれど、口にしてもアルコールが少ないのか、濃いのか、わからないから……まあ、いいや。

「これからは、今まで禁止されてたこと全部一緒にやろう」

「禁止されてたこと……お酒に、カラオケに、ゲーセン？」

「そんなことまで禁止されてたのか」

「ひゃい……クレーンゲームとか……してみたいれす」

「ああ、しよう。お前、なんとなく上手そうだな」

「早く行きたいれす……」

「明日にでも行くか？」

「誰とれすか？」

「俺だよ。最初からそう言ってんだろ。酔ってんなぁ……」

副社長は私の唇を指先でなぞった。

「んっ……」

今まで飲んだどのお酒よりもクラクラする。皮膚に直接強いお酒を塗り込まれているみたいだ。

「それから？」

「へ？」

「禁止されてたけど、やってみたかったこと」

「……カラオケとゲーセン……」

「それ、さっき聞いた」

「らって、それくらいしか思いつかないれす」

「大事なことを忘れてるだろ？」

「らいじなこと？」

「恋愛」

頭がクラクラする。

「カラオケやゲーセンだけじゃなく、恋愛も俺としろよ」

ああ、私は相当酔っているらしい。

お酒と副社長に酔って、もう何も考えられない。

「あ……」

甘い香りが近付いてきて、気が付くと唇を重ねられていた。

◆◇◆

――いい香り……。

甘くて、官能的な香りをとても近くに感じる。

この香りがずっとずっと好きだった。

「一花、大丈夫か？」

目を開けると、副社長が私を覗《のぞ》き込んでいた。彼の後ろには知らない天井が映っている。

あれ……？

「副社長？　私……」

「呂律は治ったみたいだな」

副社長はジャケットを脱いで、ネクタイを緩《ゆる》めながら私の髪を撫でる。

「ここ……どこですか？」

「俺の家。てか、こんな時に『副社長』はないだろ。名前で呼べよ」

ああ、私、夢を見てるんだ。じゃないと、こんなのありえない。

「湊さん……」

「よしよし、ちゃんと覚えてたな」

ちゅっと唇を重ねられた。

「ん……っ」

なんて幸せな夢を見ているんだろう。

何度も唇を重ねられ、ちゅ、ちゅ、と吸われる。

気持ちいい。柔らかくて、温かい……マシュマロみたい。

「お前の唇、気持ちいい」

「ん……副社長……も、気持ち……い……」

「湊だろ？」

「あ……湊さ……ん……ぅ……んんっ……」

名前を呼ぼうと口を開いたら、舌が入ってきた。夢なのに、すごくリアルな感触だ。

副社長の舌は別の生き物のように動いて、私の口の中を隅々《すみずみ》までなぞっていく。それがとても気持ちよくて、お腹の奥がゾクゾクする。

「んっ……んぅっ……んっ……ん……」

舌を絡められて擦り付けられると、もっと気持ちがいい。ずっとこうしてほしいと思うほどだ。

あっ……！

キスに夢中になっていたら、服を脱がされていて、いつの間にか下着が見えていた。

でも、夢なんだから、恥ずかしがることなんてないよね。早く脱ぎたいな。

さっきからストッキングも、ブラも、何もかもが窮屈《きゅうくつ》で堪《たま》らなかった。

「ん……ぅ……」

全部脱がせてもらうと、解放感でいっぱいだ。今日は少し肌寒かったけれど、さすが夢の中だけあって冷えは感じない。むしろ暑いくらい。

「キレイな胸だな。すごい俺好み」

副社長が、私の胸を見てる。やっぱり、夢でも恥ずかしい。

「乳首は可愛いピンク色だ」

「や……見ないでください……」

「バーカ、見るに決まってるだろ」

うう、耐えられない……！

私が手で隠すよりも先に、大きな手で包み込まれた。

「あっ……」

「触り心地も、俺好み……てか、お前って胸デカいよな」

「……っ」

「普段も結構目が行く。でも、生で見ると、服着てる時よりもデカく感じる」

これは私の夢……。

夢は自分の潜在意識で、心の欲望が表れるという説もある。

夢の中の副社長がこんな台詞《せりふ》を口にするってことは、私が実はそう思っていてほしいってこと？

揉《も》まれるたびに胸の先端がむず痒《がゆ》くなって、気が付くとプクリと膨《ふく》らんでいた。

「ぁっ……」

「もう尖《とが》ってきた。感じやすいな」

胸の先端を指で突かれると、くすぐったくて身悶《みもだ》えしてしまう。

「や……んんっ……くすぐった……ぃ……そこ……だめ……触らないでくださ……っ……ぁんっ」

「慣れたら、それがよくなる」

副社長は楽しそうに尖りを撫でたり、抓《つま》んで指の間で捏《こ》ねてくる。

「ぁっ……んんっ……くすぐった……っ……ぁんっ」

くすぐったくて、身体がビクビク跳ねてしまう。でも、副社長の言う通り、それがだんだん気持ちよく感じてきた。

「美味そうに尖ってるな。味見してもいいか？」

「あ、味見？」

ニヤリと意地悪な笑みを浮かべた副社長は、右の尖りを指で弄りながら、左の尖りをしっとりと咥《くわ》えた。

「あっ……！」

別の生き物のように動く長い舌が、尖りにいやらしく絡む。指で弄られるのとは、また違った感触だ。

くすぐったくて、気持ちいい。

「あっ……あぁっ……や……んんっ……ぁっ……は……ぅっ……んっ……あぁっ……！」

「可愛い声だな。もっと聞かせろよ」

「や……んっ……あっ……あっ……んっ……ぁっ……あぁっ……」

ああ、なんて恥ずかしいんだろう。

でも、無理に抑えることはしなかった。

だって、これは私の夢――本当の副社長に聞かれているわけじゃないから、どれだけでも大胆になれる。

「気持ちよくなってきたか？」

「は……いっ……なんか……気持ち……いっ……ぁんっ……あっ……んぅっ……」

素直に頷《うなず》くと、満足そうに笑われる。

「エロいな。興奮する」

長い指がいつの間にか胸から、足の間に移動していた。割れ目の間をなぞられると、クチュクチュとエッチな音が聞こえてくる。

「あっ……」

「もう、こんなに濡《ぬ》れてたのか」

割れ目の間を触られると、胸を触れられるのとは別の快感がやってくる。

「んっ……」

「ほら、こんなに……わかるか？」

「ぁんっ……あっ……わかります……いっぱい……濡れ……んっ……」

こんなエッチな夢を見たら、起きた時に実際に濡れてたりするの……かな。

「普段、真面目なくせして、ベッドではエロいな」

「だ、だって……あっ」

割れ目の間を指でなぞられると、甘い刺激が全身に広がった。ある一点に指がかすめるたび、電流が走ったみたいに身体がビクビク跳ね上がる。

何、これ……気持ちいい……。

「ここ弄られる方が、乳首よりも気持ちいいだろ？　特に、ここ」

割れ目の間にある一番敏感な場所を指の腹で撫でられるたびに、甘い快感が押し寄せた。

自分が自分じゃなくなりそうになるほど、気持ちがいい。

「ひぁっ……あっ……ぁんっ！　や……そこ……あっ……あっ……おかしくなっちゃ……っ……あぁっ」

膣口からどんどん蜜が溢《あふ》れ出して、いやらしい水音が大きくなる。全身の血液が沸騰《ふっとう》して、蒸発してしまいそうなほど熱くなっているのを感じる。

胸と割れ目の間を両方同時に可愛がられて、押し寄せてくる強い快感をどう受け止めていいかわからない。

「あぁっ……ぁんっ！　ぁっ……あぁっ……あぁっ……」

ただただ気持ちよくて、大きな嬌声《きょうせい》を上げていると、足先から何かがせり上がってきているのに気付いた。

初めての感覚なのに、本能でそれが絶頂の予感だとわかる。

「こっちも舌で気持ちよくしてやるよ」

「舌……？　あっ」

膝を左右に開かれ、露《あら》わになった恥ずかしい場所に副社長の熱い視線が注がれた。

夢だとわかっていても、やっぱり恥ずかしい。

「や……見ないで……くださ……」

「ここも俺好み。スゲーエロい」

副社長の綺麗な顔が、だんだん近づいてくる。

舌で気持ちよくって、まさか……。

そのまさかで、副社長は割れ目の間を舌で舐《な》めてきた。

「きゃ……っ……ぁっ……！　あっ……あぁっ……！」

一番敏感な場所を舌先でくにくに弄られるたびに、快感の電流が身体中に流れる。

「やっ……な、なんか……きちゃっ……あっ……あっ……あっ……あぁぁぁっ！」

柔らかな唇で隙間《すきま》なく挟《はさ》まれ、チュッと吸われると、膝の辺りまできていた何かが一気に頭の天辺《てっぺん》を貫《つらぬ》いていった。

「イクの早すぎ」

全身が甘く痺《しび》れてる。

副社長はククッ笑って身体を起こすと、全ての服を脱いだ。

あっ……副社長の裸……。

恥ずかしいのに、つい見てしまう。

無駄な贅肉《ぜいにく》のない引き締まった身体には、しっかりと筋肉が付いていていて逞《たくま》しい。再び覆《おお》い被《かぶ》さってきた彼は、私の頬や耳にキスしながら膣口に指を入れてくる。

「あっ……ゆ、指……」

「初めてだから、よく慣らしておかないとな」

指が入ってくると、違和感が襲う。

「んっ」

「痛くないか？」

「大丈夫……です」

快感もリアルだったけれど、こういう感覚もすごくリアルだった。

「動かすぞ」

「ぁっ」

指が動くたびにヌチュヌチュいやらしい音が聞こえてきて、中を満たしている蜜が掻《か》き出されるのがわかる。

「んっ……ぁっ……んっ……んぅっ……」

「動かすのは痛いか？」

「……っ……平気……です……でも、変な感じ……」

「そうか。じゃあ、遠慮なく続けるぞ」

長い指が、私の中で動く。

「んっ……んぅっ……んっ……んっ……」

「お前の中、すごいエロいな。ヌルヌルで、俺の指ギュウギュウに締め付けてくる……」

初めは違和感しかなかったのに、繰り返されているうちに、だんだん弄られるのが気持ちよくなってきた。

「あっ……んんっ……んっ……んぅっ……」

「もしかして、気持ちよくなってきたか？」

「気持ち……い……です」

「感じやすいのな」

クスッと笑われた。

「……っ」

なんだかその笑顔を見ていると、抱き付きたい衝動に駆られる。

夢の中だ。私の好きにしてもいいはず。だって私以外知らないのだから。

「湊……さん……」

「ん？」

恐る恐る副社長の背中に手を伸ばして、そっと抱き付いた。

「甘えてんのか？　可愛い奴」

頭を撫でられた。

ああ、温かい……。

幼い頃、母に抱き付いて冷たく突き放されたことを思い出す。

自ら抱き付いて、こんなに優しくされたのは初めて。

これが夢じゃなくて、本当だったらいいのに……。

「一花、もっと気持ちよくしてやるよ」

「えっ……あっ」

副社長は中を指で弄りながら胸の先端を舐め、親指で敏感な場所を撫で転がす。

「んんっ……は……ぅっ……あっ……あぁっ……」

「こうすると、もっと気持ちいいだろ?」

「んっ……気持ち……いっ……ぁんっ……あっ……んんっ……」

気持ちいいところを全部同時に刺激され、大きな嬌声を上げてイッてしまった。

何度も絶頂に達して疲れ、自然と上瞼《うわまぶた》と下瞼がくっ付く。

ああ、眠っちゃいそう。

夢の中でも眠ることってできるのだろうか。でも、嫌だ。眠ってしまうのは、勿体ない。

「まだキツいけど、大分解《ほぐ》れたな」

パリッという何かの音で、ハッと目を開いた。

何……？

「眠いか？　寝ても途中ではやめてやらないぞ」

副社長が覆い被さってきて、膣口に大きなモノを宛《あて》がわれた。

「……あっ！」

「怖いか？」

その問いかけに、私は首を左右に振る。

「大丈夫です」

「さすが俺の女だ。じゃあ、挿《い》れるぞ」

もちろん頷く。

夢の中でもいい。副社長に抱いてもらいたい。

ギュッとしがみつくと、しっかりと抱き返してくれた。

「初めは痛いと思うけど、我慢《がまん》したら次からはよくなっていくと思うから、少し我慢な」

次から……夢だからありえないとは思うけど、次もこんな幸せな夢が見られたら嬉しい。

一生起きたくなくなっちゃうかも……なんて思っていたら、経験したことのない激しい痛みが下半身に走った。

「――……っ⁉」

え、えぇっ⁉　な、何これ……。

あまりの痛みに、息が止まる。現実の自分も絶対に今、呼吸していないと思う。

こんな痛みまでリアルじゃなくても……！

「大丈夫か？　もう少し我慢な」

「うっ……」

少しでも動くと痛いので、頷くことすらできない。

「こっちに集中して、力抜いて……」

深く唇を重ねられ、舌を絡められた。

「ん……ぅっ」

同時に割れ目の間にある敏感な場所を指で撫で転がされると、痛みはなくならないけどわずかな快感が走って力が抜けていく。

「もう少しだからな」

「……っ……」

もう少しって、どれくらい？

中をみっちりと塞《ふさ》がれ、苦しくて息がし辛い。あまりに痛くて、腰骨までジンジン痺れてる。

さっきはすごく気持ちよくて天国気分だったけど、今は地獄……天国と地獄を一気に味わわされた感じだ。

奥にゴツリと当たると、一際《ひときわ》強い痛みが走った。

「全部入ったぞ。頑張って偉《えら》いな。よしよし」

子供を褒めるように頭を撫でられて間もなく、副社長がゆっくりと腰を動かし始める。

「痛……っ……ぅっ……んんっ……は……ぅっ……んっ……んっ……うぅっ……」

「悪い……動くと、辛いな……もう少しだけ、我慢……してくれ」

「我慢……って……ど、れ……くらいですか……っ？」

「なるべく長引かないようにするから……っていうか、これは……持たないな……お前の中、よすぎ……」

身体は痛い。でも、心は副社長に抱いてもらった喜びでいっぱいだった。

「副社長……っ……」

「名前、だろ？」

「……っ……湊……さん……」

抱かれることもそうだし、こうして名前を呼んでほしいと言われることなんて、現実ではありえない。

「ぁっ……んっ……くっ……ん……んぅ……っ……んっ……」

どんなに痛くてもいいから、ずっとこの夢の中に居られたらいいのに……。

意識がだんだん遠のいていく。もう、現実世界の私が目覚めようとしているのだろうか。

「一花、あと少しだけ……頑張れ……」

「んぅっ……んっ……はっ……ぅっ……ん……んっ……んぅっ……」

腰の動きがだんだんと速くなってきた。すると痛みも強くなって、そのおかげで夢の中で意識を保っていられる。

「……そろそろ……出る……」

副社長が動きを止めると、中に入っていた大きなモノがドクンと脈打った。

終わった……？

「湊……さん」

「ああ、終わった。よく頑張ったな」

いい子だと頭を撫でられると、安堵《あんど》のため息が零れた。

中に入っていたモノを引き抜かれると、ようやくまともに息ができるようになる。

「痛がってるお前には悪いけど、すごい気持ちよかった……俺ばっかり気持ちよくなって悪いな。今度はお前も気持ちよくしてやるから」

今度……。

「はい……」

また、こんな夢が見られたらいいけど、そう上手くはいかないよね……。

痛みと息苦しさがなくなったことで気が抜けて、また意識が遠くなっていくのを感じる。

明日、現実の副社長と顔を合わせたら、絶対に意識して、勝手に気まずくなっちゃいそうだなぁ……。

◆◇◆

「ん……」

喉が渇《かわ》いて、ぼんやりと目を開けた。

今、何時……？

私、いつベッドに入ったのかな。

目を開けるのが辛くて手探りでスマホを探すと、指先に温かい何かが当たる。それは明らかに人の肌の感触だった。

え……!?

驚いて目を見開くと、そこには裸の副社長がスヤスヤと気持ちよさそうな寝息を立てて横になっていた。

「……っ⁉」

大声を出しそうになって、口元を押さえる。

何がどうなってるの⁉

「痛……っ」

咄嗟《とっさ》に身体を起こしたら、下腹部に鈍《にぶ》い痛みが走った。それに身体の中も……。

これってもしかして、ううん、もしかしなくても――さっきのは夢じゃなくて、現実だったんだ……！

「ど、どうしよう……あっ」

自分が全裸なことに気付いて、慌ててその辺に落っこちていた服を拾い集めて着直す。

私、なんてことをしちゃったんだろう。

頭の中、真っ白……。

とにかくここを離れなくてはと思い、私は慌ただしく身支度《みじたく》を整えて、副社長の家を後にした。

三章　過ちを重ねて

気まずい。気まずすぎる。でも、出社しないわけにいかない。

「おはようございます……」

月曜日――私は気まずさを背負って出社し、いつも通り副社長室に入った。彼は不機嫌そうに頬杖を付いて、ジッとこちらを睨む。

「おはよう。今日は休むのかと思ってたけど、ちゃんと来たか」

ギクリと身体が引き攣《つ》る。

「ど、どうして、ですか？」

わかっているのに、頭が真っ白になって知らないふりをしてしまう。

「何も言わずに帰って、電話しても出ないなんて酷い女だ。すっかり弄《もてあそ》ばれた。俺の身体目当てだったな？　やり逃げだ」

「なっ……逆っ！　も、弄んだのは、副社長の方じゃないですかっ！」

あれからずっと思い返していたけれど、バーを出て副社長の家まで行った記憶がない。つまり、意識のない私を副社長が連れ帰ったわけで……。

酔い潰れて、その辺の男に持ち帰られたくないとか言っておいて、自分が持ち帰ってるじゃない！

しかも、近場で遊ぶと面倒なことになるから、絶対に社内の女の子には手を出さないのがポリシーだって言ってたくせに！

「人聞きが悪いな。弄んでなんていないぞ」

「なっ……なかったことにするつもりですかっ⁉」

あれから関節がギシギシ軋《きし》んで痛かったし、中だってしばらく何か入っている感じがしていた。

確かに私は、副社長に抱かれた。

連れ込まれる前の記憶はないけど、抱かれてた時の記憶はある。何もなかっただなんてありえない。

「なかったことになんて、するわけないだろ。勿体ない」

「勿体ないって……」

「弄んだことを否定しただけだ。俺は好きな女を抱いただけだからな」

「は……っ⁉」

好き？　え⁉　副社長が、私を⁉

一瞬舞い上がりそうになったけれど、学生時代のことを思い出して、すぐに冷静さを取り戻す。

あれは、中学一年生の時だ。

『天沢、俺……お前のこと好きなんだ。付き合ってくれないかな？』

放課後、教室に残っていてほしいと下駄箱《げたばこ》に無記名の手紙が入っていた。

誰もいない教室で待っていると、クラスメイトの涼宮《すずみや》くんがやってきて、なんといきなり告白されたのだ。

『えっ……あの、私……』

生まれて初めての告白で驚いた私は、表情が変わらないながらも心の中では狼狽《ろうばい》していた。

涼宮くんは大きなため息を吐くと、クラスでも目立つグループの男女数名が笑いながら入ってきた。

『涼宮、罰《ばつ》ゲームお疲れ〜！』

『告白しても、表情変わらないんだ〜……つまんない奴！　マジで人形なんじゃないの？』

『いや、涼宮が大根芝居《だいこんしばい》すぎて、嘘だってバレてたんじゃね？』

罰ゲームでの告白――。

そうだよね。私みたいな人間を好きになってくれるはずがない。しかもそんな経験は一度ならず、二度、三度とあったものだから、さすがにもう信じない。

というか、告白経験があったとしても、副社長のように引く手数多で女性の誘いを断るのが大変なくらいな男性が、私を好きだなんてありえない。

きっと、ただの遊びって正直に言ったら、私が傷付くと思っているのだろう。本気にして「私も好きです！」なんて言ったら、失笑《しっしょう》されてしまうこと間違いなし。

「はあ、そうですか」

「おい、思った以上に反応薄いな。もっと喜べ」

「はあ……」

「何度も電話したんだけど、なんで出なかったんだよ」

「電話？　あ……」

そういえば、知らない番号から何回も電話がかかってきていた。

「知らない番号だったので、しつこい迷惑電話だと思ってましたけど……」

「誰が迷惑電話だ。プライベートのスマホからかけたんだよ。というか、タイミング的にどう考えても俺だろ。察しろ」

「無理ですよ。エスパーじゃないんですから」

「ったく、仕事のことに関しては勘がいいのに、こういうことは鈍いな……」

「それよりも、今日のスケジュールですが……」

「こら、話を変えるな」

「仕事中ですから」

嘘でも、好きな女って言われて嬉しかった。

嘘なら、言わないでほしかった。

遊びでも、彼と身体を重ねられて嬉しかった。

遊びなら、あの喜びを知らずにいたかった。

相反する気持ちで、頭の中がいっぱいになる。

もう、お酒なんて飲まない。だから、あんなことは二度とない。早く忘れて、日常生活に戻らなくちゃ……。

秘書課の居心地が悪いので、いつもはほとんどを副社長室にあるデスクで過ごしていた。

少し前までは、仕事でも二人だけで過ごす時間に幸せを感じていたけれど、今はとても無理だ。

あれ以来私は、必要最低限の時間だけ副社長室に出向いて、他は秘書課で過ごしている。

「やだぁ！　なんで今日もいるのぉ？」

「居心地悪いんだけどぉ……ていうか、陰気臭《いんき》いっていうか、空気悪～い」

周りからブーイングが聞こえて居心地が悪いけれど、副社長室であの夜を思い出しながら気まずい思いをするよりマシだ。

これからは、こうしてやり過ごそう。

副社長と必要以上に関わらないようにしてから数日——定時間際に内線で副社長室に呼び出された。

嫌な予感がする……。

普段は何か用があると、軽く内容を教えられてから来るように言われる。なのに、今日は来いとしか言われなかった。

副社長室のドアをノックすると、「どうぞ」と不機嫌な声が返ってきた。

ああ、やっぱり嫌な予感……。

「失礼します……」

入室すると、副社長が来客用のソファに寝そべっていた。

「な、何してるんですか？」

「怠いから、寝そべってる」

「具合が悪いんですか？」

「いや？　でも、怠い」

「……仕事中ですよ？」

「二分前に定時になった。仕事も終わってる。文句を言われる筋合いはない」

「はあ……じゃあ、どうして定時がすぎている私を？」

副社長は身体を起こしてソファの半分を開けると、隣をポンポン叩く。

座れってこと？

「失礼します……」

「天沢、俺には悩みがある」

「……それは、詳しく聞いた方がいいんでしょうか」

「お前に聞かせるような流れに持っていってるからな。聞いてもらおうか」

「はあ……」

「最近、秘書に避《さ》けられてる」

「えっ」

私の話……だよね？　なんで私に直接言ってくるの？

「いつもはほとんどこの部屋で過ごしてたのに、初めてセックスした後から秘書課にこもりっぱなしで、よほどの用がないと来なくなった」

セックスって言わないで……っ！

「……っ……は、はあ……」

どう、反応すればいいのか……。

「初めてやった時、割とノリノリだったし、気持ちよさそうだったから俺が下手だったってことはないと思うけど……お前はどう思う？」

ノリノリって……気持ちよさそうって……もう、そういうこと言わないで……っ！

「し、知りません」

「相談のし甲斐がない奴だな。ちゃんと考えてみろよ」

「…………気まずいから、じゃないでしょうか」

「ふーん？　気まずいねぇ」

なんで自分のことなのに、第三者目線で話してるんだろう。

不思議なことになってしまった。

「ところで、なんで電話しても出ないんだと思う？」

「えーっと、登録してない番号は、繋がらないように設定していて……」

「『登録しろ。馬鹿』と伝えておけ」

「は、はあ……」

副社長のプライベートの番号――登録していいかわからなくて、そのままにしておいたけど……後でちゃんと登録しよう。

「それから、お前が傍に居ないと気になって仕事がはかどらないから、気まずくても我慢していつも通りここで過ごせとも伝えておけ」

「……っ」

この前の『好きな女』発言といい、舞い上がらせるようなことを言う人だ。

「わかりました……」

「その場しのぎなら、しつこく何度も呼び出すからな」

「わ、わかってますよ」

「ならいいけど」

気まずいけど、また副社長と時間を共にできるのは嬉しいと思ってしまう自分がいる。

あ、副社長の香りが……。

なんだか今さらだけど、副社長との距離を意識して顔が熱くなる。

私、本当にこの人に抱かれたんだ……って、意識しちゃダメ！　忘れて、忘れて……。

「お前ってポーカーフェイスだけど、感情が高ぶると、耳は赤くなるって気付いてたか？」

「えっ……んっ」

俯《うつむ》いていた顔を上げると、唇を奪《うば》われた。

「……っ……ン……」

嘘……！

ちゅ、ちゅ、と啄《ついば》まれ、パニックからなんとか立ち上がる頃には舌を入れられていた。ヌルヌル擦り付けられるたびにお腹の奥が熱くなっていく。

「んっ……ふ……っ……副社長、業務……中に……」

「だから、もう定時はすぎたって言ってんだろ」

「……っ……んぅ……」

夢うつつにされた時よりも、意識がハッキリしている今の方が気持ちいい。

副社長は唇を離すと、力が抜けてぐったりする私を見てニヤリと笑う。

「本当に感じやすいよな」

「……っ……セクハラ……ですよ」

「この前は背中に手を回して、甘えてきた相手に？」

「もっ……もう、仕事上の用がないなら、私はこれで失礼します……っ」

立ち上がってドアへ向かおうとしたら、途中で腰が抜けてへたり込んでしまった。そんな私を見て、副社長はお腹を抱えて笑い出す。

「ああ、もう、お前って、本当最高だよな」

「──……っ」

か、格好悪い……！

それからというもの、私は副社長に言われた通り、以前のようにここで業務をこなすようになった。

というか、何度も秘書課にまたこもろうとしたら、電話で呼び出されたので諦めたのだ。

副社長は業務中には手を出してこないけれど、仕事が終わると迫《せま》ってきて、舌を入れるキスをしてくる。

「はあ……」

ようやく土曜日がやってきた。

昼近くになっても、怠くてベッドから起き上がれずにいた。

この一週間、副社長には本当に疲れさせられた。

なんであんな風に迫ってくるの？　副社長なら私なんか相手にしなくても、引く手数多なのに……。

『なかったことになんて、するわけないだろ。勿体ない。弄んだことを否定しただけだ。俺は好きな女を抱いただけだからな』

副社長の言葉が頭をグルグル駆け巡《めぐ》り、気が付くと抱かれた時のことまで思い出してしまう。

な、何、考えてるの……！

でも、一人暮らしでよかった。母と暮らしていた時に昼まで起きれなかったら、嫌味のシャワーを浴びせられるところだ。

眠たくなってきた。

いつもなら日帰り温泉に行ったり、家のことを色々しているところだけど、今日はこの自由を堪能《たんのう》しよう。

ゴロゴロするなんて、初めて……。

風邪《かぜ》で熱がある時だって、いつもは家の手伝いをさせられてたもんね。

これからは私、自由なんだ。

そうだ。次の長期休みには、唯に会いに行こうかな。

海外旅行どころか長く家を空けることなんて許してもらえなかったから、唯に会うことも、旅行することもできなかった。最後に旅行に出かけたのは、高校の修学旅行だ。

唯に会いに行って……うーん、初めての泊まりでの一人旅行が海外っていうのは、ちょっとハードルが高いから、国内旅行で練習してからにしようかな。

そんなことを考えながらウトウトしていると電話が鳴って、心臓がドキッと大きく跳ね上がった。

「……っ⁉」

まさか、お母さんから？

ドキドキしながら、枕元に置いていたスマホに手を伸ばす。

ああ、出たくない……。

嫌々画面を見ると、この前登録したばかりの副社長のプライベートの番号から電話がかかってきていた。

副社長⁉　な、なんで？　何の用があって？

戸惑っているうちに、電話が切れた。

「あっ」

切れちゃった……。

もう一度かけた方がいいか狼狽していたら、もう一度かかってきた。

今度こそはと思って、緊張で震える指で通話ボタンをタップする。

「……っ……も、もしもし……」

『ようやく出たな』

「お疲れ様です。どうしました？」

『仕事じゃないんだから、お疲れ様はやめろよ……』

なんだか弱々しい声だった。

「なんだか、元気がないみたいですね？　どうかしたんですか？」

『風邪引いた』

「えっ！　熱はありますか？」

『わからん。家に体温計なんてないからな』

「ちゃんと用意しておかないとダメじゃないですか」

『けど、高熱っぽいな』

「高熱……⁉」

『一人でいるのキツい。天沢、来てくれ』

「わ、わかりました。すぐに伺《うかが》いますから！」

大変……！

体温計と薬と風邪によさそうな食料をエコバッグに詰め込んで、副社長の家に急いだ。

さすが副社長……。

◆◇◆

築浅《ちくあさ》のタワーマンションの最上階――そこが副社長の家だ。ホテルみたいにフロントがあって、視線を感じるとなんだか居心地が悪い。

共同玄関には、勝手に入っていいんだよね？

何も悪いことはしていないのに、なぜか悪いことをしているような気がしてくるのはどうしてだろう。

バッグから長ネギとニラが食《は》み出ているのも、ちょっと……ううん、大分恥ずかしい。

少しでも隠そうとしたらニラはなんとかバッグに収められた。でも、長ネギはどうしても無理だった。

切って持ってくればよかった……。

初めてここを通った時は、あの夜だ。

もう二度とここには来ないだろうと思っていたのに、まさかネギとニラ持参でまた来るだなんて思わなかった。

共同玄関からインターフォンを鳴らすと、副社長の声が聞こえた。

『お、来たか。今開ける。玄関は、鍵開けておくから、勝手に入ってきてくれ』

「わかりました」

オートロックを解錠してもらい、エレベーターに乗る。まだ何もボタンに触れていないのに、副社長の家がある三十五階のボタンが光っていた。

遠隔《えんかく》操作か何か？　すごい。

感心していると、あっという間に三十五階だ。ワンフロアに一戸しか入っていない贅沢《ぜいたく》仕様で、改めてすごいと思う。

う……急に緊張してきた。

インターフォンを鳴らそうとしたところで、玄関の鍵は開けておくと言われたことを思い出す。

「お邪魔します……」

玄関を開けて、とんでもなく広い廊下を進んでいく。

衣擦《きぬず》れとエコバッグの中にある食材がガサガサ揺れる音がやけに大きく聞こえる。

お、音～……！

この家に庶民的な音は似合わない。

「副社長？　天沢です。いらっしゃいますか？　副社長……」

何度呼んでも、返事は来ない。

寝室に居るのかな？

リビングに入る手前にある左の部屋の扉をノックする。

「副社長？」

寝室の場所がどこにあるかわかってしまうあたり、なんだか気恥ずかしい。

「んー」

怠そうな声が中から聞こえてきた。

「入りますよ。大丈夫ですか？」

部屋に入ると、ベッドに横になっている怠そうな副社長の姿が飛び込んでくる。

「だ、大丈夫ですか？」

副社長は私の姿を見るなり、お腹を抱えて笑い出した。

「え？　何？　なんですか？」

「あはは っ……お、お前、ネギって……」

「ご飯食べてないと思って持ってきたんですよ。胃に何も入ってないと、薬だって飲めないんですから……っ」

「ふーん、心配してくれたんだ？」

「当たり前じゃないですか」

「ふーん、当たり前なんだ？」

気持ちを見透《みす》かされているような感じがして、ものすごく恥ずかしくなってきた。

「……っ……とにかく、熱……測《はか》ってください」

家から持ってきた額《ひたい》で測るタイプの体温計を渡す。でも、副社長は受け取ってくれない。

「副社長？」

「面倒」

「面倒なわけがありますか。おでこに一秒ぐらいかざすだけで測れるんですよ？」

本当に優れものだと思う。熱を出していて怠い時も、これなら余裕で測れて何度も助けられた。

「……いや、やっぱ面倒だな」

あれ？　もしかして……。

「面倒なら、私が測ってあげます。さあ、おでこを出してください」

「いや、いい」

「よくないです。ほら、早くしてください」

「いいって……うわっ」

うつ伏せになった副社長を強引に仰向《あおむ》けにさせ、サッと熱を測った。

三十六度五分――平熱だ。

「やっぱり……」

「お前、すごい力だな」

「何が高熱ですか。立派な平熱ですよ。ほら、見てください」

「お前が来たから下がった」

「人を解熱剤《げねつざい》扱いしないでください。どうして仮病《けびょう》なんて使うんですか。首にネギ巻かれたいんですか？」

「やめろ。ネギ臭くなる。ただ、会いたいって言っても、会ってもらえなそうだから……と思ったけど……俺が悪かった。そんなに心配してくれるとは思わなかった」

「わかればいいんですよ」

本当に具合が悪くなくてよかった。

ホッとしたら、エコバッグがずっしり重く感じてきた。

さっきまでは大丈夫だったんだけど……。

耐えられなくなって床に置くと、指先が白くなっていた。

「それに私なんて呼ばなくったって、他にも会いたい女性がいるでしょうに……」

「お前以外に会いたい女なんていない」

「また、そんなことを言って……」

「おい、俺の告白をなかったことにするな」

また、言ってる。本気にしたら、困るくせに……。

「これ、置いて帰っていいですか？　ネギとか、ニラとか、ミカンの缶詰とか……」

「ああ、わざわざ持ってきてくれたのか。ありがとな。置いて行ってくれてもちろんいいけど、まだ帰るなよ？」

「えっ……どうしてですか？」

「無慈悲《むじひ》な奴だな。今日も温泉行くとこだったのか？」

「いいえ、今日はベッドでゴロゴロ……じゃなくて、家でゆっくりしていようかと思ってましたよ」

でも、せっかく外に出たし、このままスパに行くのもいいかも。確かこの辺りに新し目のスパがあったはずだ。

スパならバスタオルもあるし、洗い場にはシャンプーやボディソープも置いてある。メイク落としがないのはアレだけど……って、そうだ。私、慌てて家を出たものだからノーメイクだ。

ああ、スッピン、見られちゃった……。

散々見られた後だけど、俯いてなるべく見られないようにする。

いつもの癖で一応鞄《かばん》に化粧ポーチは入れてあるけど……今、中座《ちゅうざ》してメイクしに行くのも変な流れだ。

「特に用事がないなら、俺の家でゴロゴロしてたっていいだろ」

「いえ、たった今、用事が決まりました」

「なんだよ」

「近くのスパに行きます」

「じゃあ、俺も」

「は？」

「心配させたお詫《わ》びに、俺が連れて行ってやるよ。車出すから、近くのスパと言わずに、どこかの温泉にでも行くか。リクエストは？」

ど、どうして、そうなるの⁉

「いえ、いいです」

「ないのか？　じゃあ、俺が勝手に選ぶぞ」

「ち、違っ……リクエストがないんじゃなくて、一人で行くって意味で……」

「お前の手料理はまた今度食わせてもらう。ネギとか冷蔵庫入れといて。傷《いた》まないうちにまた来いよ？」

「……っ…もう、人の話聞いてくださいっ！」

結局副社長に押し切られて、熱海《あたみ》の温泉へ連れて行かれることになったのだった。

副社長が用意を整える間、一応軽く化粧をしておく。

メイクポーチ、持ってきてよかった……！

「あれ、化粧したのか」

「はい」

「ふーん？　俺とのデートだから？」

「ち、違います。デートじゃないですし、今日は晴れですよ？　車内に差し込む太陽光は、馬鹿にできないんですからっ」

「それなら日焼け止めだけでいいだろ」

「社会人として外出するのに、スッピンはないでしょう」

「ここまで来ただろ」

「誰のせいだと思ってるんですか。私だって、スッピンで電車になんて乗りたくなかったですよ」

「そうだよな。俺のことが心配すぎて、慌ててきたんだもんな」

副社長は悪びれもせずに、満足そうに笑っている。

それにしても、副社長と温泉なんて……変なことになってしまった。

また、この前の夜みたいに抱かれる流れになったらどうしよう……って、何考えてるんだろう。ないない。温泉だし、現地に着いたら男女別になるでしょう。

バスを使わずに車で送迎してもらえて、温泉を楽しめてラッキー！　ぐらいに、思っていればいいよね。

……なんて、考えていたのに。

「副社長」

抗議の意味を込めて呼ぶ。

不服そうに言われたけど、当然無視して質問を投げかける。

「湊だろ？」

「これはどういうことですか？」

「温泉だろ」

「それは見たらわかります。どうして部屋に案内されるんですか……っ！　どうして部屋に温泉が付いてるんですかってことを聞きたいんですよ」

副社長は、よくテレビで紹介されている旅館に連れて行ってくれた。到着すると同時に大歓迎されたものだから驚いてしまう。

日帰りで温泉に入るだけでも、こんなに歓迎されるなんて……さすが、神楽坂家！　なんて思っていたら、芸能人のＳＮＳにでも出てきそうな豪華な客室に案内されたのだった。

一つは和室、もう一つは洋室でキングサイズのベッドがあった。

和室の方には大きな客室露天《ろてん》風呂が付いていて、うちの自社ブランドの化粧品がアメニティとして備え付けられている。

「何か問題あるか？」

「大ありです。日帰り温泉じゃなかったんですか？」

「せっかくここまで来たんだから、泊まるに決まってるだろ」

「き、聞いてませんっ！」

「そういえば、言ってなかったな」

言われたら、付いてなんて……。

「まあ、言ったら付いてこなかっただろ？」

「……っ」

よ、読まれてる……。

「大浴場もいいけど、二人で来てるんだから、やっぱり二人で入れる方がいいだろ」

「えっ⁉　ふ、ふたっ……二人で入るつもりなんですか？」

「当たり前だろ」

キッパリ言い切られた。

「お断りします！　副社長にとっては当たり前かもしれませんけど、私にとっては当たり前じゃないんですよ」

ふーん？　と言いながら、副社長は私の服を脱がせ始める。

「きゃあ⁉　ちょ、ちょっと、何して……」

「お前に任せてたら、恥ずかしがっていつまでも脱がなそうだから、俺が脱がせてやってるんだよ」

「私、入らないって言ってるじゃないですか……あっ」

あっという間に上を脱がされて、ブラが露《あら》わになる。

早業《はやわざ》すぎる……！

戸惑っている間に全部脱がされてしまい、しかも遠くに放り投げられた。

「ちょっ……ちょっと！」

右手で胸、左手で下を隠す。でも、当然あちこち食み出ている。

「観念しろ。お前の裸は、この前、お前が眠ってる間に隅々《すみずみ》まで見せてもらったからな。色形に至るまでお前よりも詳しいはずだ」

「そ、そんなこと、言わないでください……っ」

もう、ここまで来たら、温泉に入るしかない……。

観念した私は、サッとかけ湯をしてお湯に浸《つ》かった。

ああ、気持ちいい……。

露天風呂からは海が一望できて、思わずため息が出てしまうほどいい眺めだ。

一人なら最高のリラックス空間……！

でも、もちろんここには副社長がいるわけで……。

「いい眺めだな」

「は、はあ……」

自分の服も脱ぎ終えた副社長が、お湯に入ってきた。かなり広いのにも関わらず、私の隣にくる。

ち、近くに来ないで～……！

無色透明のお湯だから、全部ハッキリ見えてしまう。

なるべく副社長の方を見ないようにする。でも、やっぱり視界の端には肌色が見えてしまって、顔が熱くなる。

「休日、こうして過ごすのもいいものだな」

「おばあちゃんみたいって馬鹿にしてたじゃないですか」

「別に馬鹿にしてるつもりはねーよ。お前の反応が楽しいから、わざと言って反応を見てただけ。好きな子には意地悪したくなるってよく言うだろ?」

　また、そんな期待させるようなことを言って……。

「知りません……あっ」

　副社長に抱き寄せられ、後ろから抱きしめられる形になった。

「ちょっ……な、何するんですか」

「こうやって入る方が、気持ちいいだろ」

「……っ……ち、ちっとも気持ちよくなんてありません。こんなに広いのに、なんでくっ付く必要が……ひゃっ」

　後ろから副社長の手が伸びてきて、私の胸を包み込んだ。

「ど、どこ、触ってるんですか……っ」

「胸」

「それは、知ってます……聞いているのは、どうして触るのかってことで……あっ……」

　副社長の手がゆっくりと動き出す。指が食い込むたびに、私の胸がいやらしい形に変えられ

る。

「そんなの決まってるだろ？　お前が可愛い反応ばっかりして、興奮したからだ」

「可愛い反応なんて、してなっ……あっ……！　ひゃっ……んぅっ……」

耳やうなじを吸われると、ゾクゾクして力が抜けてしまう。

「お前の身体は、嫌がってないみたいだけど？　ほら、あっという間に尖った」

ツンと硬くなった先端を指の腹で撫でられた。

「……っ」

エッチな女だと言われているみたいで、恥ずかしくて堪らない。

恥ずかしい……。

それは本当の気持ちだ。それなのに、どうしてお腹の奥が熱くなって、もっと触れてほしいと思ってしまうんだろう。

「ぁっ……あっ……や……っ……」

普通に喋っている時は何も思わなかったのに、今はすごく声が響くような気がする。

「お前の乳首って、本当に可愛い色してるよな」

副社長は先端を指で抓み転がし、後ろからまじまじと眺めてくる。

「んっ……い、嫌……見ないで……くださ……っ」

「こうやって弄り回してたら、濃い色になっていくのかな？　それも興奮する」

「あぁんっ！」

キュッと強く抓まれると、一際大きないやらしい声が出た。

「可愛い声」

クスッと笑った副社長の片手が胸から離れ、私の足の間に伸びてきた。

「あっ……ダメ……です。そこ……」

さっきからムズムズしている場所に、副社長の手が迫る。掴《つか》んで抵抗してみるけれど、胸への刺激を受けているせいで、手にちっとも力が入らない。

「きゃ……っ……あぁっ……」

あっさりと開かれた足の間に、副社長の手が潜《もぐ》り込んできた。割れ目の間を長い指で刺激されると、頭が真っ白になりそうなほどの刺激が襲ってくる。

「お前、クリ触られるの大好きだもんな」

「ち、違……っ……大好きなんかじゃ……あっ……あぁっ……」

そこに触られると、説得力が全くない喘《あえ》ぎ声が次から次へと唇から溢れる。

「大好きなんかじゃ？」

「や……ぁっ……もっ……そこ、触らないで……くださっ……あっ……ぁんっ……やぁ……っ……んぅっ……あっ……あっ……」

「大好きじゃないなら、触っても構わないだろ」

「だめ……っ……だめぇ……っ」

敏感なそこを指と指の間に挟まれ、上下に揺さぶられた。足元から絶頂の予感が駆け上がってきて、いやらしい声が止められない。

「なんでダメなんだよ」

「……っ……だめぇ……気持ちよくて、おかしくなっちゃう……から……っ……ぁんっ……だから……だめ……なの……っ」

キスの時もそうだったけれど、酔っていない時の方が泥酔《でいすい》して夢うつつの時にするより何倍も気持ちよかった。

あの時も気持ちよかった。でも、感覚がハッキリしている今は段違いだ。本当に頭がおかしくなりそう。

「ふーん？　おかしくなったお前が見たいから、絶対やめてやらない」

「そ、んな……あっ……あぁっ……！」

お尻に副社長の大きくなったのが当たっていることに気付くと、余計に興奮してしまう自分がいる。

胸の先端と敏感な粒を同時に刺激され続け、私はとうとう絶頂に達してしまう。

副社長はのぼせてしまいそうな私を浴槽《よくそう》の縁《ふち》に座らせると、足を開かされて割れ目の間を広げられた。

「明るいところで見ると、余計に興奮するな。お前のここ、赤くなって、スゲーエロいことになってる」

「や……広げちゃ……だめ……」

「舌でされるのも好きだろ？」

「あっ……ま、待って……あっ……あぁっ……！」

指で弄られていた場所を今度は長くて肉厚な舌がなぞり始める。敏感な粒を舐められ、吸われて、理性が粉々に砕けていく。

「こっちはどうだ？」

敏感な粒を指でなぞりながら、窄《すぼ》めた舌を私の中に入れてきた。

「あっ……あぁっ……！」

ヌポヌポ出し入れされるたびに、長い舌でも届かない場所が疼き出す。

すごく気持ちいい……でも、物足りない。

「まだ、処女みたいに狭いな……」

あんなに痛かったのに、副社長のを挿《い》れてほしいと本能が騒いでいるのを感じる。

でも、そんなこと言えるはずない。言っちゃいけない。

これ以上身体の関係を重ねたら、ビジネスパートナーとしてやっていけない。

異性としての一番になれないなら、ビジネスパートナーとしての一番になりたかった。それなのに、こんなことしたら……。

「気持ちいいか？」

「……っ……」

砕け散った理性をなんとかかき集めて、首を左右に振った。

「ふーん？」

副社長はクスッと笑って、私の中に指を入れて掻き混ぜ始めた。

「ぁっ……あぁっ……」

「じゃあ、なんでこんなに締め付けるんだ？」

「そ、れは……っ……あっ……んぅっ……」

「なんでこんなに濡れてるんだ？」

「……や……ぁっ……」

口ではなんとでも嘘が吐けても、身体の反応で見透かされてしまう。

「なあ、挿れてもいい？」

「だ、だめ……っ」

否定の言葉を口にしたのに、身体が期待して膣道がギュッと一際強く収縮した。

「こっちの口は、すごい素直だな」

お湯から立ち上がった副社長の欲望は、とても大きく反《そ》り立っていた。明るいところで見るとより生々しくて、大きく感じる。

「お湯、汚さないようにしないとな」

「あっ……」

膣口に欲望を宛がわれ、心臓が大きく跳ね上がる。お腹の奥がこれから貰《もら》える刺激を楽しみにするように、また新たな蜜を溢れさせるのがわかった。

「二度目だから、この前よりは痛くないと思うけど……」

ゆっくりと腰を押し付けられ、欲望が私の中をめいっぱい広げていく。

「——……っ……ん……ぁっ……」

私も痛みを覚悟していた。でも、やってきたのは痛みじゃなくて、快感だった。広げられる感触が気持ちよくて、悲しくもないのに涙が出てくる。

「痛く……ないみたいだな」

私が痛みを感じていないことに気付いた副社長は、一気に奥まで欲望を埋《う》めた。

「あぁっ……！」

奥まで満たされるとジンと痺れて、お腹がいっぱいで呼吸がし辛くなる。

どうしよう。挿れられただけなのに、すごく気持ちいい。

「お前の中……ヤバい……ヌルヌルで、熱くて、最高……痛くないなら、思い切り……動くぞ？　痛かったら、言え……」

「えっ……あっ……！」

副社長は私の腰を両手で掴むと、激しく動き始めた。

「あぁっ……！　やっ……んんっ……あっ……あっ……あぁっ……んっ……は……ぅっ……ぁんっ……あっ……あっ……あぁっ……！」

初めは周りに聞こえてしまうかもしれないから、と声を極力抑えるように努力していた。でも、もうそんな余裕は少しも残っていない。

お湯がバシャバシャ溢れ、肉と肉がぶつかる、いかにもな音が、私のいやらしい声が、辺りに響いていた。

擦られるのがすごく気持ちよくて、気が付くと私は自ら副社長の背中に手を回してしまう。

「いやぁ……声……声……出ちゃう……あっ……あっ……あっ……」

「可愛いんだから、いいだろ？」

「隣……聞こえちゃっ……んぅっ……ぁんっ……あっ……あぁっ……」

「じゃあ、俺が押さえておいてやるよ」

副社長はニヤリと笑って、私の唇を自身の唇で塞いだ。

「ん……ぅっ……んっ……んっ……んっ……んぅっ……」

唇も喘ぎ声も心も奪われ、私には何も残っていない。全部副社長に奪われた。副社長が絶頂に昇りつめるまで、私は何度も何度も達して、お湯に浸かっているのは足だけなのに、すっかりのぼせてしまった。

この日以来、私はなんだかんだで理由を付けられ、副社長と共に休日を過ごすようになってしまうのだった。

四章　神楽坂湊

「さすがあの女の血を引いてるだけあるわね」

人生で一番言われたのは、多分義母のこのセリフだろう。

俺の名は、神楽坂湊……生みの母親は高級クラブのホステスで、株式会社アミュレット社長……ていうか俺の実父の愛人だ。

関係を持っていたのは俺の父親だけじゃなくて、他にもたくさんいたらしい。でも、俺が父親の息子であるのは確実だ。ＤＮＡ鑑定《かんてい》までしたらしいからな。

父は実の妻との間に子供が恵まれないまま、運悪く種ナシになった。そこで俺に目を付けて、養子にしたってわけだ。

一花に言った通り、母親との別れは物心が付く前の話だったから、別に辛いとか、寂しいとか、そういう感情はなかった。

どんな人間なのか気にならなかったって言えば嘘になるけど、必死になって調べるっていう情熱が湧くほどじゃない。

それよりも、自分の地位を築《きず》くことが大変で、それどころじゃなかった。

愛人の息子ってことで、養母からは息をするように嫌味を言われたし、親戚からも卑《いや》しい人間だという目を向けられた。

よくできなければ、『やっぱり愛人の子だから』と蔑《さげす》まれ、よくできれば『愛人の子のくせに』と陰口を叩かれた。

それでも俺は、神楽坂を背負う父親の息子で、アミュレットの次期社長にならなくてはならない。できる人間でなければいけないのだ。

けど、ガツガツ努力をして成果を上げるところを見せるのは性《しょう》に合わない。陰で努力して、『努力してないのに、できました』という顔を見せることに徹底した。

だって、その方が面白い。

神楽坂の同世代の男たち——俺を小さい頃から『愛人の子』と呼んで虐《いじ》めていた奴らが、なんで自分たちは努力しているのに、あいつに敵《かな》わないんだ？　と悔しがるのが……嫉妬の視線を浴びるのが気持ちよかった。

我ながら、ひねくれた考えの子供だ。でも、まあ、これが俺なんだから、仕方がない。

「湊くんって、恰好《かっこう》いいし、運動もできるし、頭もいいし、本当にいい男だよね。私、湊くんの彼女になりたいな……ダメかな？」

成長していくうちに、女が寄ってくるようになった。

外の女はいい。

養母と違ってキーキー甲高《かんだか》い声で俺を怒鳴らないし、蔑まない。その唇は柔らかくて、甘い声しか出さない。

指輪をたくさんつけた手で殴ったり、髪を引っ張ったりしない。その手は俺の髪を優しく撫で、熱くなった欲望を気持ちよくしようと、必死になって扱《しご》いてくれる。

外の女が好きだ。

でも、どうしてだろう。

満たされるのはその場限りで、一人になると心の中が空《から》っぽになっていく。それは養母から離れて暮らし、副社長というステイタスを手に入れても同じだった。

時折、空《むな》しくて仕方がなくなる。それは、どうしてだろう。

そんな時に出会ったのが、一花だ。

「本日より秘書を務めることになりました天沢一花です。よろしくお願いします」

一花の初めの印象は、ゴテゴテ飾り立てない、シンプルなのに綺麗な女……だ。

よく手入れされた黒い艶々《つやつや》の髪に、そこまでマスカラを塗っているわけでもなさそうなのに、大きな目はたっぷりのまつ毛で縁どられている。

ぽってりした唇は薄い色の口紅で染められ、爪は短く切って薄いピンク色のマニキュアを塗ってあった。

うちは化粧品会社ということもあって、見た目の規則が他業種よりも緩い。染髪《せんぱつ》は過度でなければＯＫだし、濃い化粧も、ネイルも自由だ。

受付や秘書課は特に派手な女が多い。でも、一花は派手なのを好まないようで、珍しいなと思っていた。

「よろしく。天沢みたいに綺麗な子が秘書になってくれるなんて嬉しいよ。仕事もはかどりそうだ」

考えなくても、甘い言葉がペラペラ口から出てくる。今までの女なら、照れるか、喜ぶかするところだけど……。

「はあ……」

一花は違った。無表情でそう流し、すぐに業務の話へ移った。

初めてのパターンの女だ。

きっと俺に興味がないのだろう。何度甘い言葉をかけても「はあ……」や「そうですか」と流されるか、迷惑そうにされる。

それがなんだか癖《くせ》になった。流されるたびに面白くて、笑ってしまうのだ。流された後に俺が笑うと、一花が「何が面白いんですか?」眉を顰《ひそ》める。その一連の流れがさらに楽しかった。

でも、秘書課では違うらしい。

確かに一花は世渡り上手なタイプじゃない。愛想《あいそ》笑いの一つもできなければ、社交辞令を使うこともない。

それが鼻に付くようで、秘書課では嫌われているようだ。

実際にあいつから意地悪をされているとか、あいつは仕事ができないから秘書課からどこか別の課に異動させてほしいと言ってくる奴が何人もいた。

あいつがそんなことをするはずないだろ。

俺は一花を気に入っているし、周りの重役たちからも評判がいい。

あいつは愛想笑いや社交辞令は使わないけれど、仕事に誠実で、一生懸命な人間だ。愛嬌《あいきょう》を重視する者もいれば、そんなものはいらないから使える人間が欲しいという者もいるということだ。

次は自分の秘書に……と希望を出す者もこの数年で何人かいたけど、もちろん却下させてもらった。

俺の秘書は、一花以外考えられない。

「副社長って、愛人の子供なんだって」

「ええっ⁉　そうなの？　知らなかったぁ……」

「うちの会社では皆知ってるよ」

「なんかショック～……」

「そう？　恰好いいし、優しいし、将来社長だよ？　最高じゃん」

俺が愛人の子ということは、この会社に勤めている誰でも知っている。なぜなら俺を跡継ぎにするというのに納得がいっていない親戚が広めたからだ。

特別隠しているつもりはないから、別にどう言われようとも構わない。でも、正直不快に思っていないわけじゃない。

次期社長の座に就きたい者がいるのなら、なってみろ。俺以上に実力がある人間が神楽坂にいるのなら……の話だ。

聞かなかったふりをして立ち去ろうとしたら、一花が噂話をする連中と出くわした。

「あっ……あの子、副社長の秘書の……マズいこと聞かれちゃったかな？」

「平気でしょ。だって、この話なんて誰でも知ってるし……」

「一応口止めした方がいいよ。あの……っ」

噂話をしていた女性社員に引き留められ、一花が足を止める。彼女が俺の話を聞いて、どんな反応をするのかなぜか気になった。

「なんでしょう」

「あの、今の副社長の話なんだけど……」

「今の話？」

「あっ……聞こえてなかった？」

「はあ……別に」

「そ、そっか、じゃあ、いいの。ごめんなさい」

「はあ……」

一花は食い下がることなく、無表情のままその場を立ち去った。その反応が面白くて、笑いを堪えるのが大変だった。

どうしてだろう。俺に全然興味のないあいつのことが気になって仕方がない。

いつの間にか、あいつが好きになる男はどんな男なんだろう……と考えるようになった。

「副社長、紅茶をどうぞ。蜂蜜を入れてあります」

「俺が頼んだのは、珈琲《コーヒー》なんだけど？」

「紅茶と蜂蜜は、二日酔いに効果的らしいです。なんだか気分が悪そうだったので。昨日、随分飲んだんですか？」

　ある日のこと、一花が蜂蜜入りの紅茶を持ってきた。

　前の日に飲みすぎた俺を心配して、頼んだわけでもないのに自主的に……。

「まあ、ちょっとな」

「ほどほどにしてください。お酒は身体を悪くしますよ」

「ん？　ああ……」

　上の空になりながら飲んだ紅茶は甘くて、荒れた胃に染み渡っていく。

　一花に心配されたという事実が、こんなにも嬉しい。数杯貰うと、見事に二日酔いは消えた。

　それと同時に別の気持ちが生まれた。

　ああ、そうか……。

　俺は、あいつが好きなんだ。

　自分の心にあったものに気付くと、あいつと一緒の時間を過ごすたびに気持ちが大きくなっていくのを感じる。

　あいつの独特な雰囲気、一緒に居るとなんだか落ち着くところ、無表情で感情がなかなか見えないところ、全部堪らなく好ましく思う。

　離れている間も、あいつのことばかり考えてしまう。

誰かのことをこんなにも頻繁《ひんぱん》に思い出すなんて、生まれて初めての経験だ。

「あんまり飲みすぎないでくださいね。お酒は身体に悪いって、何度も言ってるじゃないですか」

「別に飲みすぎてないって」

嘘だ。

一花に心配してほしくて、わざと深酒する日もある。

何だ俺、構ってちゃんかよ。

「これを見てください」

「なんだよ」

定時をすぎてから、一花が何やら書類の束《たば》を持ってきた。

「副社長、この書類を帰宅する前に、確認してください」

「なんだよ。ラブレター？」

「そんなわけないじゃないですか。早く見てください」

わかってはいたけれど、あまりにもキッパリ言うものだから面白くない。

なんだよ。こんな分厚いってことは、企画書か？　天沢、秘書課じゃなくて企画課志望だったのか？

一花の希望は通してやりたいけど、俺の傍から離れるのは嫌だ。

今まで仕事に私情を挟むなんて、今までなかった。この気持ちをどう扱っていいかわからない。

やっぱり、仕事に私情を挟むなんてどうかしている。

「どれ、貸してみ」

天沢から分厚い書類を受け取ると、表紙に『アルコール摂取の健康被害について』と書いてあった。

「……なんだ？　これ」

「アルコール摂取の健康被害についてまとめてきました。確認してください」

「いや、なんで……」

「どんなに体調を崩してもお酒を飲んでいるようなので、控えたくなるように資料を作ってきました」

「わざわざ？」

「はい、あ、誤解しないでください。勤務時間中には作っていませんし、会社の備品も使っていません。自宅のパソコンを使って、自宅のプリンターとコピー用紙で作りましたので」

「わざわざプライベートの時間を使って、俺のために作ってくれたのかよ。お前、俺のこと好きすぎないか？」

「冗談ばかり言っていないで、目を通してください。お酒を飲む前までには、全部読み終えてくださいね」

百ページ以上はありそうだ。

「わかった」

「ちゃんと見てくださいね？」

「わかった、わかった。酒飲む前に見るから」

「約束ですよ？」

約束って可愛いな……。

「ああ、わかったって」

面倒くさそうな返事をするのは、一花の反応が見たいからだ。

「……読んで頂けなそうなので、今この場で目を通してください」

「読むって」

「早くしてください」

こういうじゃれ合いが楽しい。

内心大喜びだけど、渋々というふりをしながら天沢が作った資料に目を通した。酒の飲みすぎによる健康被害の他、ネットにある経験談などが載せてある。

一体、どれだけの時間をかけて、こんなもん作ったんだよ。

俺のためにこんな労力をかけるって、どんだけお人好《ひとよ》しなんだ。こいつは……いや、もしかしたら、脈ありなのか？　なんて、淡《あわ》い期待を抱いてしまう。

『禁酒してくださいとは言いませんから、飲みすぎないようにしてください』と最後に直筆《じきひつ》でコメントが書いてあって、今すぐ抱きしめたくなる。

まあ、そんなことしたら、ドン引きされて逃げられるだろうけどな。

「読みましたか？」

「ああ」

「流し見じゃダメですよ？」

逃げられたくない。だから、慎重にいかないと……。

「ほとんど暗記したってぐらい読みこんだって」

「それはよかったです。じゃあ、これからは控えてくださいね」

好きになられることはあっても、自分から誰かを好きになるなんて初めてだから、イマイチ要領が掴めない。

「天沢、たまには飲みに行くか」

「クライアントとの会食ですか？」

「いや、二人でだけど」

「……今、飲みすぎないでくださいって資料まで渡して、お願いしたばかりなんですけど？」

「適度に飲むから心配するな。二人で飲みに行ったことなんてないし、たまにはいいだろ」

「お気遣いありがとうございます。でも、気にしないでください」

なんの気遣いだよ。

あ、こいつ、仕事を円滑にするためのコミュニケーションだとでも思ってんのか？　いや、こいつらしいな……。

プライベートで会いたい。でも、どう誘ったらいいか。奴は強敵だ。普通に誘っても流されるぞ。

そんな中、突然のチャンスが訪れた。

「おススメのバーってありますか？　一人で飲みに行ってもおかしくないところで……」

これを逃すわけにはいかない。浮かれてミスるなよ？　こいつは強敵なんだから、下手を踏むと逃げられるぞ。

「ふーん？　じゃあ、俺が連れて行ってやるよ」

「えっ」

「初めて飲みに行くなら、誰かと一緒の方がいいだろ。酔い潰れて、その辺の男に持ち帰られたくないしな」

結果として、俺は一花を家に連れ帰ることになる。でも、この時はそんなつもりは全くなかった。

でも、酔っていつもより自分のことを話してくれるのが嬉しくて。

「この歳で恋愛経験ゼロです」

恋愛経験がないのも、なんだかテンションがあがったっていうか……俺が色々教えたいだなんて思ってしまった。

「マジか。こんな可愛いのに、男が居ないわけないからさ。相当隠すのが上手いんだと思ってた」

「……っ⁉」

それに酔うと、いつもより表情が少し豊かだ。

可愛い……。

「かなり本妻にいびられて、何か失敗や気に食わないことをするたびに『さすがあの女の子ね』って言われてたってわけだ」

「ううー……っ」

俺の子供時代のことを話すと泣いてくれた。

泣き上戸？　いや、どっちにしろ俺のことで心を動かしてくれたのが嬉しくて、抱きしめたくなった。

一花は自由に酒が……というか、母親から離れたことで自由になったことが嬉しいようで、なかなか酒を離さない。

呂律が回らない状態になっても、飲むのをやめなかった。

なんか、いいな……。

こうしてプライベートの時間を過ごしていると、一花がやっぱり好きだと感じる。

落ち着くし、可愛いし、もっとこいつのことが知りたい。こいつにとって一番の存在になりたい。

「カラオケやゲーセンだけじゃなく、恋愛も俺としろよ」

一花も酔っていたけれど、俺も相当酔ってた。

拒絶されるのが怖いくせに、早くしないと他の男に盗《と》られそうな気がして、一花と親密になることを焦ってしまう。

顔を近付けると、一花はトロンとした目をそっと閉じた。

一花の色気にやられて、クラクラする。

唇に触れると、もう止まらない。

ずっと、こうしたかった。

場所も忘れて、何度も甘い唇を吸う。時折、唇の端から漏らす小さな声や吐息が色っぽくて、欲望が反応しだした。

ああ、堪らない……。

唇を離すと、さっきよりもトロンとした目の一花が俺を見た。

酔ったからって、誰にでも唇を任せる女じゃない。

「天沢、俺のこと好き？」

触れさせてくれたことに手応えを感じて、質問してみる。

これで違うなんて言ったら、泣くぞ。

「これ、夢……？」

「ああ、そうだ。夢だ」

酔いが回って、夢うつつになっているようだ。チャンスだ。夢だと思えば、本心が聞けるかもしれない。

「俺のこと、好きか？」

「……好き……」

あまりに嬉しくて、テーブルの下でガッツポーズを作ってしまう。

「いつから？」

「ん……ずっと……」

本当に一体、いつからだろう。詳《くわ》しく聞きたい。でも、今はとても無理そうだ。

「天沢、この後どうする？」

「この後……？」

「帰る？」

「……っ……やだ……副社長と一緒に居たい……です……夢なら、こんな我儘《わがまま》言っても……いい……れすよね？」

ギュッと手を握られ、必死に固めていた理性がグラグラ揺れる。

「じゃあ、俺の家に来る？」

そう尋ねると、一花はコクリと頷いた。

「いやらしいことするって言っても？」

我ながら、下種《げす》い質問だ。でも、一花の気持ちが知りたい。

「行きたい……いやらしいことも、してください……」

「……っ」

可愛い破壊力がすごすぎる。

「実際は無理だから……夢でくらい、いいれす……よね？」

「ああ、もちろん」

こうして俺は、今の状況を夢だと思い込んでいる一花を家に連れ帰った。

不思議な光景だ……。

「ん……」

俺のベッドに、一花が眠ってる。

「天沢……」

こんな時に、苗字《みょうじ》で呼ぶのもアレだな。

「……一花、大丈夫か？」

声をかけると、一花がぼんやり目を開けた。

「副社長……ここ、どこ……ですか？」

家に来たいって言ったくせに、もう忘れてやがる。今さら帰りたいって言っても、返してやらないからな。

スカートがめくれて、触り心地がよさそうな太腿《ふともも》が見えていた。今すぐ触りたい気持ちを抑えて、俺は同じくらい触れたい一花の髪を撫でる。

サラサラで、ずっと撫でていたいぐらい触り心地がいい。

「湊さん……」

名前を呼ばれるのがこんなに嬉しいのは、生まれて初めてのことだ。

俺は夢中になって、一花の唇を貪《むさぼ》った。温かくて、柔らかくて、ぎこちなく動く舌が愛《いと》おしい。

「ん……っ」

キスでこんなに気持ちいいと思ったのも、生まれて初めてだ。もちろん、女を好きになるのも……。

お前といると、生まれて初めてだらけだ。

一花が悶《もだ》えるたびにスカートがずり上がって、下着まで見えていた。

白のレース……。

下着の色にこだわりなんてなかったはずなのに、なんだかその色を見ていると無性にムラムラする。

きっとここで一花が穿《は》いていたのが黒の下着だったとしたら、それはそれでムラムラするんだろうな。

つまりは一花が穿いている色に、興奮を覚えてしまうということなのだろう。

全部脱がせると、想像していたよりも大きな胸がプルリと零れた。ブラを外しても垂れることなく、大きく主張している。

着やせするタイプだったのか……！

小さめの乳輪に乳首、全然弄っていないと言わんばかりの薄い色……散々弄り回して、いやらしい色形にしたいという願望が頭をいっぱいにする。

「や……見ないで……ください……」

「見るに決まってるだろ」

キッパリ言った。

だって、そうだろ？　好きな女の身体なんだから、見ないわけがない。でも、恥ずかしがられるのもいい。すごく興奮する。

触れると柔らかくて、でも張りがあって、こうしてずっと触っていたいという衝動に駆られた。

大きいと感度が鈍い……なんて話も聞くけど、一花は感度抜群《ばつぐん》だった。少し弄っただけで「ここも触って」とおねだりでもしてくるように乳首がツンと尖る。

もちろん、おねだりしなくったって弄って、しゃぶって、舐《な》め回してやるよ。

「や……んんっ……くすぐった……ぃ……そこ……だめ……触らないでくださ……っ……ぁん

っ」

感じる声も可愛い。ああ、ヤバい。こうやって触ってるだけで、イキそうだ。

痛いぐらい股間が勃《た》ってる。多分、我慢汁も出てそうだ。

こっちはどうだ？

胸から片手を離して、薄く毛が生える一花の割れ目に指を伸ばす。少し触れると、ヌルリとした感触が伝わってくる。

スゲー濡れてる……。

「あっ……」

「もう、こんなに濡れてたのか」

わざと音が出るように触ると、一花が恥ずかしそうに喘ぐ。

可愛い……。

恋愛経験がないって言ってたし、処女なんだろうけど……本当に感じやすいな。普段自分で弄ったりしてんのか？

……それは、それで、興奮するな。ぜひオナッてるところをこっそり見てみたいものだ。

こっちは、どんな色と形をしてるんだ？

両足を開くと、一花のいやらしい場所が露わになった。

「……っ」

エロい……。

小さめのクリはヒクヒク痙攣《けいれん》していて、全体的に赤く充血し、たっぷりと濡れて部屋の照明を反射し、テラテラと光っている。

収縮を繰《く》り返す小さな膣口からは、新たな愛液がどんどん溢れていた。

甘くて、いやらしい匂いがする。

痛たた……。

興奮しすぎて、股間が本当に痛い。

夢中になってそこを舐めると、一際《ひときわ》激しく感じてくれる。

ああ、可愛い……お前が喜んでくれるなら、一晩中でも舐めてやるよ。

声や反応を楽しみながら舐め続けていたら、大きな嬌声《きようせい》と共に一花がガクガク震えた。クリや膣口が激しく痙攣《けいれん》している。

もう、イッたのか。

なんだ？　この喜び……スゲー嬉しい。

「イクの早すぎ」

そういえば、一花の服は脱がせたけど、自分が脱ぐのを忘れてた。

触るのに夢中で脱ぎ忘れるって、童貞《どうてい》か、俺は……。

今までならスーツの時は皺《しわ》にならないように……なんて配慮して脱ぐこともあったけど、そんな余裕全くない。

適当に脱ぎ散らかして、一花の上に覆い被さる。

誘うようにヒクついてる穴にゆっくり指を入れると、狭くて、ヌルヌルで、最高の触り心地……。

早く挿れたい気持ちを必死に抑えて、中を慣らしていく。初めは違和感があったようだけど、だんだん気持ちよくなってきたらしい。

俺の指をギュウギュウに締め付けながら身悶えする姿が、最高に色っぽい。散々砕かれていた理性が、抱き付かれたことによって修復不可能なぐらい粉々《こなごな》にされた。

か、可愛い……。

早く挿れたいけど、もっと一花を悦《よろこ》ばせたい。もっと、もっと……。

硬くなりすぎたせいで走る痛みすらも、一種の快感のように思えてきた。俺は夢中になって一花を愛撫《あいぶ》し続けた。

何度もイッた一花は酔ってるせいもあって半分眠りかけていた。でも、ここまできて止められるほど俺は人間ができていない。

血管が浮き出るほど硬くなった分身にコンドームを被せて、一花の上に覆い被さる。小さな膣口に宛がうと、そこがヒクッと痙攣した。

ああ、ヤバ……。

こんなわずかな刺激だけでも、すごい気持ちいい。

「寝ても途中でなんてやめてやらないぞ」

眠りそうになりながらもなんとか頷いて、俺に抱き付いてくる一花が愛おしくて堪らない。

狭い中にゆっくり欲望を埋めていくと、想像以上の快感が襲ってきた。

うわ、すご……。

ねっとり絡み付いてきて、腰が痙攣するほど気持ちいい。

早く奥まで挿れて、腰を振りたくりたい。

我を忘れそうになるのをなんとか堪える。

「痛……っ……ぅっ……んんっ……は……ぅっ……んっ……んっ……ぅぅっ……」

かなり慣らしたけれど、やはり相当痛むようだった。動き始めると中から絡み付く他に、吸われているような感覚があって、とんでもなく気持ちいい。

一花の中がよすぎるのと、かなり我慢していたこともあって、あっという間にイッてしまった。

多分、一花に経験があったら、「え、早漏《そうろう》?」なんて思われていたところだろう。

一花は疲れ果てて、今度こそ眠りに落ちた。

紅潮《こうちょう》した肌、呼吸のたびに上下に揺れる胸、濡れて薄い恥毛がぺったりと肌にくっ付いて、割れ目がくっきり見えている。

あー……ムラムラする。

今出したばかりなのに、もう股間が硬くなり始めていた。

好きな女をようやく抱けた今日は、一回出しただけじゃ治まりそうにない。でも、初めての彼女にもう一度を求めるほど鬼畜《きちく》な男じゃない。

俺は眠る一花の身体を見ながら欲望を扱いて、何度か抜いた後ようやく満足した俺は、シャワーも浴びずに横になった。

扱きすぎて痛ぇ……こんなに出したの、いつぶりだ?

初めてオナニーを覚えた時よりも、やった気がする。

思春期男子にもドン引きされそうな性欲だな。

スヤスヤ眠る一花が愛おしくて、薄く開いた唇をチュッと吸う。

「……ん……」

眠りは相当深いようだ。割と強めに吸っても、起きる気配はない。

こいつ、起きたらどんな反応するんだろう。

両想いなわけだし、夢じゃなくて嬉しい……なんて可愛いこと言ったりして。

でも、目覚めると一花はいなかった。電話をしても繋がらない。ちょっとぐらい文句を言ってもいいだろうと……。

「何も言わずに帰って、電話しても出ないなんて酷い女だ。すっかり弄ばれた。俺の身体目当てだったな？　やり逃げだ」

なんて憎まれ口を叩いたら、まさかの言葉が返ってきた。

「も、弄んだのは、副社長の方じゃないですかっ！」

告白しても、からかっているとしか思わないなんて……こいつの頭は一体どうなってんだ……！

でも、引くつもりなんてない。

お前の気持ちが俺にあるとわかっている今、絶対に俺は諦めない。

一花、覚悟しろよ。今まで気持ちを隠して生きてきた分、ガツガツいくからな。

五章　最初で最後の恋

副社長と関係を持ってから、一か月が経とうとしている。

私は土日になるとたびたび副社長に呼び出され……応じないと家にまで押しかけてくるようになった。

「よっ」

今週もやってきた。

まさか、四週連続してくるとは思わなかったから驚いてしまう。

「毎週、毎週、よく飽《あ》きもせずに来ますね……」

「今週も会いに来てくれて嬉しい！　って思ってるくせに」

「思ってません」

思ってます……。

表情は変わらないから、バレてないことを願う。

「今週もデートに誘おうと思ったけど……何作ってるんだ？」

「カレーです。時間がかかるので、出かけられません」

「これからホームパーティーでもすんのか？　すごい量の食材だな」

キッチンの狭い調理台には、昨日スーパーで買ってきた大量の野菜を並べてある。カレーの他に、常備菜《じょうびさい》も作るつもりだ。

「しません。大量に作って、冷凍しておくんですよ。そうしておけば、平日疲れて帰ってきて料理を作りたくない時でも、お米を炊《た》いておけばご飯が食べられるので」

「なるほどな」

副社長はキッチンから離れると、テレビを付けてリビングで寛《くつろ》ぎ始めた。

「お前んちって、狭いけどなんか落ち着くよなー……」

「そうですか。あのー……今日は出かけられないんですけど……」

「わかってる」

「そっちは玄関じゃなくて、リビングなんですけど……」

「こら、追い返そうとすんな」

「だって、出かけられないのに……」

「出かけるのが目的で来たんじゃない。お前と一緒に居たいから来たんだ。それなら場所は家だろうが、外だろうが、どこだっていいだろ？」

一緒に居たいから……。

甘い響きに、ときめいてしまう。

ち、違う、違う。喜ばないの……！

「俺もお前の作ったカレー、食べてみたい。ご馳走《ちそう》してくれよ」

「はあ……私のカレーでよければ……」

「スゲー楽しみ」

副社長に食べてもらうなら、もう少しいい材料を揃えておけばよかった……！

自分しか食べないつもりだったから、節約重視の材料だ。昨日はどの肉も高かったからウインナーにしたことを激しく後悔した。

「でも、期待しないでくださいね？　普通のカレーですからね？」

「それがいいんだろ。期待大」

「や、やめてください。本当に……」

時よ戻れ……！　昨日の私、ウインナーじゃなくて、何か肉を買って！

戻るわけないのに、何度も心の中で呟いた。

副社長はテレビを見たり、私の部屋を眺めたり、調理する私の姿を見て過ごす。

「おお、早い、早い、すごいな。よく、手ぇ切らないな」

「慣れですよ。でも、小さい頃はよく切ってましたよ。指は絆創膏《ばんそうこう》だらけでした」

心配するよりも先に、『絆創膏を付けて調理なんて、不衛生だ』と、母に叱られたことを思い出した。

言ってることはわかる。絆創膏には雑菌が付いているし、かと言って傷剥《む》き出しで調理するのも不衛生だから、使い捨ての手袋をするのが正解だって今ならわかる。

でも、当時、小学校低学年だったし、普通心配するのが先だよね？　思い出したら、腹が立ってきた。

「小さい頃から？　すごいな」

「私が家事担当だったので」

「すごいな。偉《えら》いじゃん」

副社長が頭を撫でてくれる。

当たり前だと思っていたことを褒められると、なんだかくすぐったい気持ちになってしまう。

「包丁持ってる時に触れないでください。危ないですよ」

照れ隠しに可愛くないことを言ってしまう自分が嫌だ。

可愛くないなぁ……。

「悪い。手ぇ切ったら大変だな。んじゃ、向こうで待ってるわ」

嫌な気持ちにさせたんじゃないかと思ったのに、副社長は全く気にしている様子を見せない。

こういうところが好きだと思ってしまう。

「なんか、この音いいな」

「音ですか?」

「まな板で野菜切る音、なんか聞いてると落ち着く。リズミカルで、包丁が野菜を切って、まな板に当たる音がすごく耳障《ざわ》りいい」

「そうですか?」

「ああ」

確かに言われてみれば、いい音かもしれない。

時折会話を交わしながら料理を進めていくと、副社長からの返事がこなくなった。

あれ?

そっと覗いて見ると、スヤスヤ寝息を立てて眠っているのが見えた。

寝てる……。

風邪を引かないように毛布をかけてあげようと近付いたら、綺麗な顔に見惚《みと》れてしまう。

綺麗だなぁ……。

こうして眠っている顔は、少しだけ幼《おさな》く見えて可愛い。

「ん……」

あっ……！

今、目覚められたら気まずい。

もう少し見ていたい気持ちを我慢して離れ、キッチンに戻る。

カレーを煮込みながら常備菜を作って、洗い物を終える頃に副社長が目を覚ました。

「おはようございます」

「居心地がよすぎて寝てた……」

「お疲れなんですよ」

「カレーのいい匂いがする……」

「できたんですけど、起きたばかりで食べられます？」

「お、食べる、食べる。俺、店以外でカレー食べるのって初めてだ」

カレーの他に、昨日の夜たまたま作ったミルクゼリーをデザートに出した。

「どうぞ。お口に合うかわからないですけど」

「頂きます」

家に副社長がいて、カレーを食べているという光景はあまりにも不自然で、合成写真を見てれていないことを祈るばかりだ。

いるような気分だ。

カレーを食べながら、副社長がカレーを口に運ぶ姿を横目で眺める。

こんな庶民《しょみん》節約カレーがセレブな副社長の口に合うとは思わないけど、せめて不味《まず》いと思われていないことを祈るばかりだ。

「う……っ」

唸《うな》ってる……！　やっぱり不味かったんだ。

わかっていたことだとはいえ、泣きそうになってしまう。

「美味っ！　なんだこれ。スッゲー美味い。今まで食ってきたカレーの中で一番好き」

「えっ」

驚きのあまり、スプーンをお皿の上に落としてしまった。

「お前、料理の才能があったんだな。ウインナーがいい味出してる。パリッとして、歯ごたえも最高！」

社交辞令かと思ったけれど、副社長の表情は嘘を吐いているようには見えなかった。

「そう、ですか……」

嬉しくて、顔が熱くなる。

副社長は缶詰のミカンと賞味期限がもう少しで切れそうな牛乳で作ったミルクゼリーも大絶

賛してくれた。

「満腹……腹、はち切れそう」

「三杯も食べれば、そうなりますよ」

まさか、こんなに食べてくれるだなんて思ってなかったから嬉しい。

母に作ってあげていた時は、『口に合わない』『下手ね』と言うのはよく聞いたけれど、『美味しい』なんて言ってもらえたことは一度もなかった。

「今までの人生で結構色々贅沢《ぜいたく》なもん食ってきたけどさ。今日のカレーが一番美味かったなー……」

『美味しい』って言ってもらえるのって、こんなに嬉しいことだったんだ。ううん、副社長に……好きな人に言ってもらえるからこそ嬉しいんだろうな。

さっきとは別の意味で泣きそうになる。

やめてほしい。これ以上好きになったら、副社長に飽きられた時――今まで通り生きていけるかわからない。

「今日、泊っていってもいいか?」

「ダ、ダメです」

「じゃあ、俺んち行こ」

「なんでそうなるんですか」

結局、押し切られて、副社長の家に行ってしまった。

◆◇◆

それから、数週間後――。

「なあ、今日もウインナーカレー作ってよ。材料は買っといたからさ」

副社長はすっかり庶民料理にハマっていた。

「またですか⁉　この前も、またその前もカレーでしたよ？　何回カレー食べれば気が済むんですか！」

「あんな味を教えたお前が悪い。お前はどれだけ俺の身体を弄ぶつもりだ？」

「人聞きが悪いこと言わないでくださいよっ！　なんか食べたいって言うから、作っただけじゃないですか！」

「まさかあんなに美味しいと思わないだろ。ハンバーグも美味いよな。ケチャップとウスターソースで作ったソースかけたやつ」

こちらこそ『まさか』だ。

副社長はカレーやハンバーグ、オムライスといったものを非常に好む。

会食などで散々美味しいものを食べて、口が肥《こ》えている副社長が、まさか子供が好きそうな料理を好むだなんて夢にも思わなかった。

言えないけど、とっても可愛いと思うし、本心はいくらでも作ってあげたい。

「同じものばかりだとバランスが悪いです」

「美味しいんだからいいだろ。好きな物を我慢する方が、身体に悪いぞ」

「それっぽいことを言わないでください」

「来週、お前の好きなところに連れて行ってやるからさ。この前テレビでやってた温泉にするか？　連休なら飛行機で遠出もできるんだけどな」

「そんなことじゃ釣《つ》られませんよ。うーん……何か材料を買い足して、バランスがよくて健康的な食事を……」

「意地悪言うなよ。あ、じゃあさ……」

冷蔵庫の中を見てメニューを考えていると、副社長が後ろから抱き付いてくる。

「あっ」

無遠慮にスカートの中へ突入してきた大きな手が、私の太腿を撫で始めた。

「お前を感じさせることができたら、俺の好きなメニューってことで」

「なっ……あっ……！　セ、セクハラ……」

「彼女とイチャついてるだけなんだから、セクハラも何もあるか」

また、そんなことを言って……。

太腿を撫でていた手が、徐々に付け根へ向かう。

「あっ！　だ、駄目……です。あっ……」

これ以上手が進んでこないようにスカートの上から押さえようとしたら、今度はエプロンの中にもう一方の手が潜り込んできて、服の上から私の胸を揉んだ。

ブラのカップの中にじんわりとした刺激を感じ、密《ひそ》かに先端がツンと主張を始めて、直接触ってほしいとおねだりするようにムズムズし始める。

お尻に副社長の硬くなったものが当たっていて、お腹の奥が熱くなっていく。

「ちょっ……ふ、副社長……」

長い指がとうとう割れ目の間に到達し、ストッキングとショーツ越しになぞってきた。

「ぁっ……」

膝から崩れ落ちてしまいそうな快感が襲ってくると同時に、クチュクチュといやらしい音が聞こえてくる。

「スゲー濡れてる。なんだよ。もう俺の勝ちっぽい？」

恥ずかしくて、顔から火が出そうになる。

「……っ」

首を左右に振って、すぐにわかる嘘を吐く。

閉め忘れセンサーが働いて、冷蔵庫がピーピー鳴り始めた。副社長は閉めたドアに私の手を突かせると、そのまま後ろから責め立ててくる。

「じゃあ、勝ちが確定するまで、続けないとだな」

副社長と一緒に居る時は料理を作って一緒に食べたり、温泉に行ったり……こうして、エッチをしてしまっている。

いつまでもこんな風にしてなんていられない。

副社長が私を好きなはずがない。

「あっ……副社長……駄目……もう、これ以上は……本当……にっ」

「名前」

ショーツと一緒にストッキングを下ろされ、直に触れられると……もう、抗《あらが》えない。

「——……っ……み……な……とさん……」

「よくできました」

副社長は満足そうに笑うと、敏感な粒を指でクリクリ撫でてくる。

「あっ……あっ……あぁっ……」

こうして構ってくるのは、単なる気まぐれだ。

そうわかっていても、この時間がいつまでも続けばいい……なんて、思ってしまう愚かな自分がいる。

だって、好きな人と仕事以外のことを話したり、どこかに出かけたり、触れられたりするのはあまりにも幸せすぎる。

そんな日々を送っていたある日のこと。

平日、いつも通り会社から帰ってきてご飯を済ませ、ゆっくりとお風呂に入った。

自分の裸を見ると、どうしても副社長に触れられたことを思い出してしまう。

副社長の唇や指の感触を思い出すだけで、お腹の奥が熱くなる。

「……っ」

見た目は全然変わっていないのに、身体の中だけものすごい勢いで彼に作り替えられてしまった。

副社長は、いつまで私を構ってくれるのかな……。

飽きられた時が怖い。

突然その日が来たら、普通にしていられそうにない。

それなら、自分からこの日ってけじめをつけて終わらせた方がまだ覚悟ができている分、傷付かずに済む？

どちらにしてもダメージを負うのなら、ダメージが少ない方がいい。

いつまで経っても自分の中で答えを出すことができなくて、のぼせそうになったので出ることにした。

身体を拭いていると、テーブルの上に置いてあったスマホが鳴り出す。

「あっ」

副社長？

浮き足立ちながら、タオルを巻いて急いで取りに行く。でも、画面に表示されていたのは、「母」の文字だった。

何の用？

心臓が嫌な音を立てる。

ああ、この感じ、久しぶり……できれば、二度と味わいたくなかった感覚だ。

今出ておかないと、文句を言われる。会話をするのも嫌だけど、それはもっと嫌だ。

「……も、もしもし？」

『ちょっと！　遅いわね。いつまで待たせるの!?』

スマホから相変わらずのヒステリックな声が聞こえてくる。なんとなくスピーカーから耳を離してしまう。

「ごめんね。お風呂に入ってたの」

『ふぅん？　私はてっきり、男と遊んでるのかと思ったわ』

副社長のことが頭に浮かんで、ギクリとする。

ううん、ビクビクすることない。

母が副社長との関係を知っているはずがないし、彼女だって恋愛や結婚をしているのだ。言われる筋合いはない。

「……今日はどうしたの？」

『何？　用がないとかけちゃいけないわけ？』

「そういうわけじゃないけど……」

旦那さんと喧嘩《けんか》して、私に嫌味を言ってストレス解消に使おうとしてるのかな？

昔からそうだった。

機嫌が悪い日には、言いがかりをつけられてよく怒られて……小さい頃は自分が悪いと思っていたけれど、何をしても駄目なんだって気付いたのは最近のこと。

寒い。湯冷めしてきちゃった。お母さんからの電話なら、服を着てから出ればよかった。

長くなるかな……？

『まあ、いいわ』

……あれ？　違うの？

『今日はいい話があるの』

「いい話？」

『そう、あんた私の娘でよかったわね。私が母親じゃなかったら、こんな話はなかったわよ』

恩着せがましい言い方だ。

「何？」

『水森酒蔵《みずもりしゆぞう》って知ってる？』

「ううん、知らない」

『あんた、有名企業よ？　それくらい知らなくてどうするの』

「だって、お酒飲まないし……」

『飲めないの？　情けないわねぇ……そういえば、あんたの父親も弱かったわね。本当、駄目な親子』

私が飲まなかったのは、母がお酒を飲むことにいい顔をしなかったからだ。

……まあ、副社長と初めてバーに行った時の失態を思い出せば、口にしなくて正解だったのかもしれないけれど。

『有名な酒蔵《さかぐら》よ。幻《まぼろし》のお酒って言われるほど美味しい日本酒を作ってるんだけど、あまり数が作れないから流通していなくて、昔から付き合いのある旅館やホテル、レストランにだけ卸《おろ》しているのよ』

「そうなんだ」

それが私と何の関係があるの？

『うちの旦那の経営する店にも卸してもらいたくてね。あんた、協力してよ』

「え？　私が……どうやって？」

『水森酒蔵の息子さんがね。あんたの写真を見て、気に入ってくれたらしいの』

「気に入ったって……」

『だから、お見合いしてほしいの』

オミアイ……お見合い⁉

『そうしたら、来年分はうちの店にも卸してくれるって約束してくれたの。結婚まで辿《たど》り着けたら、この先もずっとって話。だから、結婚まで持っていけたらベストね。あんたにそんな器量があるかは怪しいところだけど……』

「なっ……そんなの嫌に決まってるでしょ！　私、お見合いなんて嫌！　結婚だって……」

『好きな人と……なんて、夢見ちゃってるの？』

「そうじゃなくて、私は結婚するつもりはないの」

自分がそういう人間になりなさいって強要していたくせに、忘れたの？　なんて無責任なんだろう。

ろくに身体も拭いていないから寒い。でも、怒りで頭と額だけが熱くなっていた。

『じゃあ、神楽坂湊さんとは遊びってこと？』

「えっ」

どうして、副社長のことを知ってるの？

私がアミュレットで秘書をしていることは知っている。でも、誰の担当なのかは、興味を持ってもらえないってわかってたから、話していない。

『さすが血は争えないわ』

「……っ…なんのこと？」

『よく温泉に行ったり、彼の家に行ってるらしいじゃない。一体いつから？』

らしい……ってことは、見たわけじゃない。誰かからの情報だ。

「誰から聞いたの？」

『お見合い前ですもの。身辺調査はしておいた方がいいって、旦那がね』

調べられていたなんて思わなかった。

心の中に土足で踏み込まれたような気がして、怒りと悲しみで胸がいっぱいになる。

いつもそうだった。

でも、離れて暮らしてまでもこんなことをするなんて思わなかった。どれだけ私のことをガッカリさせれば気が済むんだろう。

「酷い……」

『何が酷いの？　ねえ、それよりも、神楽坂さんのように素晴らしい人が、どうしてあんたを構うのか知ってる？』

ただの気まぐれ……。

考えたくないけど、わかってる。わかりきったことをわざわざ聞かせて、私を嫌な気持ちにさせたいのだ。

何も言えずにいると、『聞いているの？』と尋ねられた。

このまま切りたい。

でも、小さい頃から逆らうことを許されずにいたせいか、そうしようと思ったら手が震えてしまう。

早く切っちゃえ……！

そうしないと私、いつまでもお母さんに逆らえないままだ。

「……っ」

スマホを耳から離そうとした瞬間——。

『……それはね、あんたの父親のせいよ』

お父さん……？

「どういうこと？」

私が通話を切らないように、ちゃんと話を聞くように興味を引きそうなことを言っているだけ。きっとそう。

でも、気になって、母の思うツボだとわかっていながらも、思わず聞き返してしまった。

『あんたの会社って、メンズの化粧品もあるでしょ？』

「あるけど……」

それが何？

『新商品の宣伝モデルの起用に、随分手こずってるみたいね。ＡＫＩＴＯ……スケジュールが確保できないんだって？』

「え……」

社外秘だ。

どうしてそんなこと……また私のことみたいに、誰かに調べさせたの？

「どういうこと？　話が見えない……」

『ＡＫＩＴＯ、本名は高岡明人《たかおかあきと》で、あんたの実の父親よ』

「嘘……」

ＡＫＩＴＯは世界的にも活躍しているモデルで、芸能人にそこまで詳しくない私でも知っているくらい有名だ。

その人が私のお父さん？　お母さんと関係があった？　そんなことありえないでしょ？

『嘘じゃないわ。疑うのなら、写真を見せてあげる。今よりは若いけど、あの人だってわかるはずよ。本当は取っておきたくなかったけど、何かに使えると思って捨てずに正解だったわ。まさかこんな有名になるなんてね』

写真を見るまでは信じられない。でも、嘘を吐いているようには聞こえなかった。

『これでわかった？　あんたが神楽坂さんに構ってもらえているのは、ＡＫＩＴＯに取り入りたいからよ。娘の口から出てくださいって言われたら、出てくれるって思ってるのよ。そんなはずないのにね』

「ち、違……う……違う……副社長は、そんな人じゃ……」

『信じてるのね。おめでたいこと……でも、そういうところは、私に似てるわ。私もＡＫＩＴ

Oのこと信じてたもの。見事に裏切られたけどね』

「……っ」

『似なくていいところばかり似て……不憫《ふびん》な子』

止めて。そんな風に言わないで……。

『あんた、心当たりないの？』

「心当たり……？」

『父親について、何か言われたりしなかった？』

「そんなことは……」

あっ……。

バーで飲んでいた時、父のことを聞かれた。

『母との仲は良好と言える状態じゃなかったので、楽になりました」

『そうだったのか。そういえば、お父さんは？』

ううん、違う。だってあれは、会話の流れだもん。

母は未婚で私を生んだから、どんな人なのか知らないって答えたはずだ。

って？

　でも、父親は、有名モデル——事前にその情報を知っていたとしたら、私が隠していると思って？

　本当は繋がりがあると思われていたら？

　もっと親密になれば話して、オファーをお願いしてもらえると思って？

　だとすれば、辻褄《つじつま》があう。

　——私のような女に、副社長が構う理由……。

『……心当たり、あったみたいね』

「違……とにかく私、お見合いなんてしないから……っ」

『恩知らず』

「……っ」

『誰があんたをここまで育てたと思ってるの？　私がどれだけ苦労してきたのかわかってる？　大学まで出すのに、いくらかかるか知ってるの？』

「わかってるし、感謝してる。でも、それとこれとは別でしょ？」

『一緒でしょ！　お母さんが困ってるのに助けてくれないなんて酷い娘！　お母さんが学費を出さなかったら、今のあんたはないのよ⁉　それなのに……っ』

　心の中が、ドロドロの何かで満ちて、息が苦しい。

「じゃあ……っ……生まなきゃよかったじゃない……っ！」

ずっと心にあったけれど、口にできなかったことをついに言った。

『……あんたは、どこまで私を苦しめればいいの？』

苦しいのは、こちらの方だ。

そう言いたいのに、声が出てこない。

『お母さんの言うことが聞けないのなら、今までかかった生活費や学費、今すぐ返しなさいよ。私がどれだけ苦労してあんたを育てたと思ってるの？』

子供を生んだら、ある程度の年齢になるまで、生活費や学費を出すのは当たり前のはずだ。

当たり前のことなのに、そのお金を惜しいと思う存在だと言われているみたいで……わかっていたことだけど、胸が苦しい。

「なっ……今すぐになんて、無理だってわかってるくせに……っ」

『じゃあ、言うことを聞きなさい。お見合いだけでもしてくれたら、生活費や学費のことはチャラにしてあげるから』

「……本当に？」

『ええ、本当よ。だってお見合いをしてくれるだけで、来年分のお酒は卸してくれるんだもの。かなりの利益だもの』

幼い頃から、何度も裏切られてきた。でも、それが当たり前で、従わないことは罪だと教えられてきた。

「……わかった。じゃあ、お見合いだけ。結婚は絶対にしないから」

『ありがとう。じゃあ、詳しい日時は後で連絡するわね』

洗脳されている。

大人になってからそのことに気付いたのに、副社長のことがショックで頭が真っ白になった私は、世界で一番信用ができない母の言葉を信じて、愚かな選択をしてしまったのだった。

◆◇◆

母からメールで送られてきた写真は、若い頃の母とＡＫＩＴＯの姿だった。

しかも場所はベッドで、母はキャミソールを着て毛布で胸元を隠し、ＡＫＩＴＯは上半身裸

……どう見ても、そういう後の写真だ。

じっくり見たけれど、どうやら合成ではなさそう。

切り抜けなさそうなほど絡み合ってるし、首だけ切り取って別人に付け替えているっていうのもない。

母の首には特徴的な痣《あざ》があってそれが見えるし、ＡＫＩＴＯの胸にはテレビや雑誌で見る通りのタトゥーが入っていた。

まさかテレビでよく見る芸能人が、自分の父親だったなんて……。

母は昔から、テレビを見るのが嫌いだった。

一応リビングにテレビは置いてあったけど、必要最低限のニュースを見たらすぐに消すし、私が見ていても自室で見ろと消してしまう。

今思うと、父の姿を見る可能性があったからなのだろう。

母の電話があって数週間後、私は水森酒蔵社長の息子とお見合いをしていた。

よりによって、ラークハイアットホテルの花暦……よく会社の会食で使うホテルの店だ。

副社長を思い出してしまって、なんだか胸が苦しい。

私に近付いた目的がわかった今でも、副社長を嫌いになれずにいた。

避けるようにはしているけれど、強く迫られると断り切れなくて、あれからまた何度も会って身体を重ねた。

目の前に並べられた食事をしながら、チラリと目の前に座る男性を見る。

水森修一《しゅういち》さんというらしい。三十五歳で、現在は次期社長として修業中だと聞いた。

前髪が長くて、目に思いっきりかかっているけれど、眼鏡《めがね》があるので眼球に傷がつく心配はなさそう。

「うちの息子は内気で口数が少ないんだが、真面目で真っすぐなヤツでね」

「そうなんですよ。とても優しい息子で、この前も私たちに温泉旅行をプレゼントしてくれてねぇ……」

彼の父親が話す通り、『水森修一です』という自己紹介の一言以外、全く声を発していない。

まあ、私も同じなんだけど……。

「あら、なんて素敵なのかしら。ちなみにうちの娘も内気で、口数が少ない子でして。夫婦になったら、きっと穏やかな家庭を築けると思います」

母がすかさず食いつく。

結婚しないって言ってるのに、グイグイいかないでほしい。

「一花ちゃんは本当にいい子で、まだ父親になって間もないですが、自慢の娘なんですよ。素晴らしい妻になると思います」

いい子って……。

母の旦那さんになった高橋進《たかはしすすむ》さん。

旅館やホテルの経営をしている高橋グループの社長らしい。

母に会う必要はないと言われていたものだから、いい子も何も、今日が初の顔合わせだった。

私の実父とは違った感じの人だ。

実父はモデルをやっているだけあって細身で、適度な筋肉が付いている見た目だった。でも高橋さんは少々太っていて、笑顔が特徴的な人だ。

人が好《よ》さそうに見える。でも、こういう人に限って……ということがある。

実際に会ったことのない私をよく知ったように言うところからして、恐らくそうだと思う。数年、たくさんのトップに立つ人たちを見てきた秘書としての勘だ。多分外していない。

「そろそろ我々は席を外しますか」

「そうですね。当人同士の方が話も弾《はず》むかもしれませんものね」

えっ……！　やだ！　当人同士にしないで！　二人きりにしないで！

私の心の叫びも空しく、二人で残されてしまった。

どうしよう……。

私の写真を見て気に入ってくれたって、嘘でしょ？　だって、全然喋らないし、きっと彼も困っているはず。

気まずさを誤魔化《ごまか》すようにお茶を飲んでいると、水森さんがフッと笑った。

え、何？

「写真以上に無表情だ」

口を開いたと思ったら、いきなり嫌味？

「……すみません。これが私の普通なんです」

「ああ、いや、違うんだ。キミは僕の理想なんだよ」

「は？」

理想？　無表情が？

「これを見てほしい」

水森さんはスマホを操作し、画像一覧を表示させて私に見せてくる。

すべての写真に黒髪の女の子の人形が映っていて、たくさんのフリルが付いた色んなドレスを着ていた。

「人形……」

「そう、名前は杏《あん》ちゃん。髪や瞳の色も全部僕が選んで、目の形も自分で削って作ったんだよ。服も一部だけど手作り」

すごい。カスタマイズドールってやつなのかな？

私はあまり器用じゃなくて、ボタン付けがやっとなので羨《うらや》ましい。

それにしても、饒舌《じょうぜつ》だ。ご両親の前では、あんなに無口だったのに……。

「器用なんですね。すごいです」

心から思ったことを感想として伝えると、水森さんはニヤリと笑う。

「僕、人形が大好きでね。今までも色々作ったんだけど、その中でも杏ちゃんは最高傑作《けっさく》だと思ってるんだ。だから、キミを写真で見た時にビックリしたよ」

「え？」

「僕の杏ちゃん、そっくりだ。しかも無表情だから、より人形っぽいし……僕のために生まれてきてくれたような人だね」

スマホを返そうとしたら、手ごと握られた。全身鳥肌《とりはだ》が立って、思わず振り払ってしまう。

「……っ」

「こういう時にも、無表情なんだ。いいね……いやぁ、キミ、見れば見るほど、杏ちゃんみたいだね」

全然似てない。髪色は同じだけど、髪型や顔立ちは全然違う。

その眼鏡の度、あってなくない……!?

「あのさ、アレの時も無表情なの？」

「アレって……」

「セックスの時」

「……っ」

ゾッとする。

ニタリ笑う水森さんがあまりにも気持ち悪くて、鳥肌が止まらない。何も言えずにいたら、彼は鼻の穴を大きく膨らませた。

「あ、その反応……もしかして、処女だったりする？」

気持ち悪い……！

「でも、キミなら大丈夫。今も無表情だし、きっとそうだと思うよ」

何が大丈夫なんだろう。

「僕の杏ちゃんは、小さすぎるからセックスができないんだ。実はそういう人形を買ったこともあるんだけど、そこはやっぱりリアルの方がいいなぁと思って」

そこって何⁉　いや、知りたくない！

「だから無表情で人形みたいな子がいいんだ。セックスの時に、一切反応しないでほしい。現実ではなかなかいないからね」

そうでしょうね……。

鳥肌が止まらなくて、思わず腕をさすってしまう。

「いつもは風俗に行ってそう注文するんだけど、それでも僕の希望通りにできる子は少ないんだ。でも、キミならきっと僕を満たしてくれるはずだ。僕と結婚してほしい」

「お断りします」

考えるよりも先に、口が動いていた。

「なんで？　僕と結婚すれば、働かずに一生遊んで暮らせるよ。好きなものだって、なんでも買ってあげる」

「お断りします」

世の中には色んな人がいるものだと改めて思う。

無表情なところが気に食わないと言われることはあっても、気に入られたのは初めてだ。

元々お見合いだけすればいいという話だったのに、その日を境《さかい》に母は「結婚しろ」「育てた恩を返せ」と頻繁に連絡してくるようになった。

しかも水森さんにも勝手に連絡先を教えたようで、彼からも電話やメッセージがひっきりなしにくるようになってしまった。

副社長のことも、母や水森さんのことも、何一つ解決できていないまま。

私、中途半端だなぁ……。

「やっぱり天沢の淹れた紅茶は美味いな」

「そうですか」

前はそう言ってもらえると、嬉しかった。

でも、私の機嫌を取って、ＡＫＩＴＯに繋がろうとしているのかもしれないと思ったら、素直に喜べなくなってしまった。

副社長はそんな人じゃない。

でも、私のような人間に構う理由なんて、それくらいしか思いつかないし……。

「相変わらず反応薄いな。セックスの時は、反応いいのに」

「……っ……し、仕事中に、変なことを言わないでください」

「二人きりだし、硬いこと言うなよ」

「駄目に決まってるじゃないですか」

副社長の傍に居ると、どうしても好きだという気持ちをとめることができない。

ここを辞めて、強制的に副社長と離れたら忘れることができるだろうか。

でも、このご時世《じせい》……再就職なんて、上手くいくかな？　それで正解なのかな？

うちの会社のようないい条件で雇ってもらえるのは、難しいかもしれない。

一人で長い人生を生きていくためには、安定した収入や福利厚生《ふくりこうせい》がないと……。

そんな言い訳を心の中でしながらも、頭に浮かぶのは副社長の顔だった。

結局私は、副社長と離れたくないからそんな言い訳をしてるんじゃないの？

グルグル考えながら、席に戻る。

「ところで、一花」

「副社長、勤務中に名前で呼ぶのは……」

「もうとっくに定時はすぎてるだろ。ちょっとこっちに来いよ」

「どうしました？」

「いいから、早く」

座ったばかりの席を離れ、副社長の机の前に立つ。

「お前、土曜日に見合いしてたって本当か？」

心臓がドクンと跳ね上がった。

「どうして、それを……」

質問した後にわかった。うちの会社がよく使っているホテルだ。副社長の耳に入ってもおかしくない。

「聞かないとわからないか？」

「……いえ、わかりました。そうです。お見合いをしてました」

「言い訳はしないのか？」

「言い訳といいますと？」

副社長は不機嫌そうに席を立つと、鍵を閉めて戻ってきた。

どうして、鍵を？

「あっ」

すると腕を引っ張られて、机の上に押し倒された。視界がグルリと回転して、天井と副社長の姿が映る。

「お前は俺の彼女なのに、なんで見合いなんてしてんだっていう言い訳に決まってんだろ？」

「私は副社長の彼女なんかじゃ……んっ」

強引に唇を深く奪われ、荒々しいキスをされた。

「んぅ……っ……んっ……んぅっ……」

いつもと全然違うキス——副社長が怒っているのが伝わってくる。驚いて奥に引っ込めた舌は、あっという間に長い舌に捕まった。

「んっ……んんっ……！」

ヌルヌル擦られると、場所もわきまえずにお腹の奥が熱くなって、恥ずかしい場所が潤《うる》み出す。

鍵を閉めた理由が、ようやくわかった。

「お前は、彼氏でもない男にキスさせるのか？」

「今のは、副社長が無理矢理……あっ！」

スカートの中に侵入してきた副社長の手が、足の付け根を目指して動く。

「や……っ……副社長……止めてくださ……っ……ひゃっ……あっ……だめっ……あっ……あぁっ」

ストッキングとショーツ越しに割れ目をなぞられると、クチュクチュといやらしい音が聞こえてくる。

「彼氏でもない男にキスされただけで、こんなに濡れるのか？」

「……っ」

言わないで……。

「それとも俺以外の男に触れられても、こんなことになるのか？」

「違……っ」

思わず否定しそうになったけれど、ハッと口を噤《つぐ》む。

違うなんて言ったら、心に気付かれる。そうなったら、恋心を利用して父に近付こうとするに違いない。

そんなの嫌……！

「違うのか？」

首を左右に振ったら、胸元のボタンを外された。下着を露わにさせられて、心臓が大きく跳ね上がる。

　会社なのに、こんな格好になるのはマズイ。

「……っ！　だ、駄目……っ……きゃっ……」

　抵抗しようとしても、今のキスで身体に力が入らない。

　とうとうホックを外されて、ブラのカップをずり上げられた。

「違うって言えよ」

　湊さんの大きな手に、胸の形を変えられる。

「あっ！　も……っ……もうっ……これ以上は……あっ……だめ……っ……やめてくださ……っ……あぁっ……」

　会社なのに、無理矢理されているのに——胸の先端はツンと尖って、ショーツの中はグショグショになっていた。

　気持ちよくなっては駄目だとわかっていても、好きな人に触れられたら、どんな時だって気持ちよくなってしまう。

　うう、私の馬鹿……！

「本当にやめていいのか？　スゲー感じてるみたいだけど」

「やっ……やめていいに決まってるじゃないですか……っ」

虚勢《きょせい》を張った。

本当にやめられた時のことを想像するだけで切なくなって、膣口が抗議するようにキュゥッと強く収縮しているのがわかる。

「ふぅん？」

ああ、見透かされてる。

「感じなかったら、やめてやるよ」

「……っ……か、感じて……なんて……」

「へえ？」

キュッと胸の尖りを抓まれ、私は大きな嬌声を上げてしまう。

「感じてなんて……何？」

「……っ……感じ……っ……あっ」

再び否定しようとしたら、尖りを咥えられた。

「あっ……あぁっ……やっ……」

違うって言おうとするたびに、器用な舌で甘い刺激を与えられて、否定の言葉が喘ぎ声に変わってしまう。

これじゃ、全然説得力がない。

どうしよう。どうしても気持ちよくなってしまって止められない。こんな声を出して、外に聞こえたら……。

──ダメ、そんなの絶対ダメ！

「んっ……んぅっ……！」

口を手で隠して、必死に声を抑えようとするけれど、どうしても隙間から零れてしまう。

「俺には感じてるようにしか見えないけど？」

「ち、違……」

少し身動きするだけで、クチュッといやらしい音が聞こえてくる。

この音、副社長に聞こえて……ないよね？　自分から出た音だから、大きく感じるだけだよね？

とうとう副社長の手が、ショーツにかかる。

「あっ！　待って……待ってください……っ！　副社長、もうやめてください。場所をわきまえてください……っ」

これ以上のことにならないように訴える私を見て、副社長は意地の悪い笑みを浮かべた。

「少し動くだけで、股間からクチュクチュとエロい音出す女が言うなよな」

聞こえてた……！

「……っ……そんな音……出してないです」

そんなの嘘だと気付かれるってわかっていても、恥ずかしさのあまり否定せずにはいられない。

「へえ？」

顔を逸《そ》らしていても、横目に副社長がまた意地の悪い顔で笑っているのが見える。

ショーツを下ろされた。

「あっ」

冷たい空気に熱い秘部を撫でられ、肌がゾクゾク粟立《あわだ》つ。

会社なのに、なんて痴態《ちたい》を晒《さら》しているんだろう。

割れ目の間を指でなぞられると、グチュグチュいやらしい音が響く。触れられた場所から全身に快感が駆け巡る。

「――……っ……あぁっ……」

頭が真っ白になって、一瞬、どこかにやってはいけない羞恥《しゅうち》心が粉々になり、どこかに消えてしまう。

「出てるみたいだけど？　しかも、さっき以上に濡れて、すごい音……」

ククッと笑われ、顔から火が出そうになる。

「も……もう、いい加減にしてくださ……っ……あっ……あぁっ……」

抗議しようとしても、そこを弄られると気持ちよくて何も言えなくなるし、何を言おうとしたのかも忘れてしまう。

ああ、気持ちいい……。

「やっ……やめっ……あぁっ……っ」

「ああ、やめてやるよ。お前が感じるのをやめられたらだけどな」

「そんな……っ……んっ……ぁっ……やぁ……っ」

胸の先端を舐められ、割れ目の間にある敏感な粒を親指で転がされる。ヒクヒク疼いて蜜を零す膣口には、長い中指を埋められた。

こんなことをされたら、感じるのをやめられるわけがない。

「だっ……だめ……抜いてくださっ……あぁっ」

中に埋められた指が動くと、言葉が喘ぎに変わる。

「見合い相手は、好みの男だったか?」

「……っ……な、何言って……」

「結婚しようとしてるのかよ」

苛立っているのが伝わってくる。

嫉妬しているように感じるけれど、それは恥ずかしい勘違いに違いない。

「副社長……には、関係ありません……っ」

「関係ある」

「どう、して……」

「当たり前だろ。自分の好きな女が、他の男と結婚しようとしてるんだからな」

ときめいてしまいそうになるけれど、勘違いをしては駄目だ。ＡＫＩＴＯに利用しようとしているから、そんなことを言っているだけなんだから。

「……っ……そんなこと……信じられるほど……っ……私は、馬鹿じゃありません……！」

感じながらも必死に言葉を紡《つむ》ぐと、副社長の顔が悲しそうに歪《ゆが》む。

「お前はなんでいつもわかってくれないいんだよ」

え……？

どうして、そんな顔をするの？

「あっ……あぁっ……っ！」

「どうすれば、信じてくれる？」

こんな時だっていうのに、副社長が動きを止めないものだから、絶頂の予感がせり上がってくる。

「ん……ぁっ……」

イッちゃう……！

絶頂の手前で動きを止められ、イキそうでイケない。

「やぁっ……」

絶頂が遠ざかると再び刺激され、またイキそうになると動きを止められた。最初は偶然かと思ったけれど、何度も繰り返されたらわざとだってわかる。

「イキそうでイケないのは辛いだろ？」

やっぱり、わざと……！

「俺の彼女になるって言えば、イカせてやるよ。一度と言わずに、何度もな」

「なっ……」

そんなの嘘だ。用が済んだら、私なんて相手にしてくれるわけがない。

砕けそうになった理性を必死にかき集めて、首を左右に振る。

イケないのは、辛い。でも、この先待ち受けている未来の方がもっと辛い。

「……そうかよ」

悲しそうな声だった。

罪悪感が疼く。

申し訳なく思う必要なんてない。ＡＫＩＴＯと繋がる手立てがなくなるから悲しいに決まってる。

それでも襲ってくる罪悪感から逸らすように顔を背《そむ》けていると、ベルトのバックルを外す音が聞こえた。

「えっ」

膣口に大きくなった欲望を宛がわれ、心臓が大きく跳ね上がる。

「なっ……なんで……」

「お前もそのままだと辛いだろ？」

図星だった。でも、認めるわけにはいかない。

「つ、辛くなんて……」

「嘘吐《うそつ》き」

「あっ！　だ、だめ……っ……」

一気に奥まで挿れられた。足元を彷徨《さまよ》っていた絶頂が一気に駆け上がってきて、真っ白な世界がやってくる。

「あっ……あぁ――……っ！」

場所を忘れて、大きな声を出してしまう。頭も身体も痺れて、理性はもう元に戻せないほど粉々に砕けていた。

長い間焦らされていたせいで、おかしくなりそうなほど気持ちがいい。

「……っ……イカせるつもりなかったのに、感じやすいから難しいな……」

イッている最中なのに、腰が浮くほど激しく突かれた。強すぎる快感が襲ってきて、呼吸すらままならない。

気持ちいい。でも、気持ちよすぎて辛い。

「あぁっ……やっ……今……動いちゃ……だめっ……あっ……あぁっ……んっ……あぁっ……あっ……あっ……！」

「スゲー声……この部屋は壁が厚いけど、あんまり大きい声出すと外に聞こえるかもしれないぞ？」

「……っ！」

聞こえてこんなことをしていると気付かれたらまずいのは、私だけじゃない。副社長だって大変なはずなのに、彼は意地悪な笑みを浮かべている。

もう、なんで……！

「んっ……んぅっ……んっ……は……んんっ……んぅっ……んっ……んんっ……」

必死に我慢しても、奥を突かれるたびにどうしても声が出てしまう。しかも激しいから、机がガタガタ揺れてる。

これじゃ、声を出さなくても外に聞こえちゃう……！

会社なのに、誰かに気付かれたらまずいのに感じることがやめられないし、そもそもやめてほしいとも思わないのは一番の問題だ。

もっと、もっと、してほしい——。

口ではやめてほしいと言いながらも、心の中ではそう願ってしまっている。

「いつも以上に締め付けるな……会社でヤるの興奮するか？」

「ち、違っ……！」

確かに感じてしまっている。でも、決して場所に興奮してるわけじゃない。

そう否定したいのに口を開けば大きな声が出てしまうから何も言えない。

「じゃあ、なんでこんな締め付けるんだよ」

「……っ……う、うるさい……ですっ……ぁっ……んぅっ……」

気持ちいいけど、早く終わってほしい。

気持ちいい。もう、どうなってもいいから、もっとこうしていたい。

快感で頭が真っ白になっていく中——相反する気持ちが入り乱れて、また足元から絶頂が駆け上がってくる。

ああ、私、また……！

「また、イキそうなのか？　本当、お前は感じやすい女だな」

弱い場所をグリグリ擦られ、私はまた快感の渦に呑《の》み込まれた。

「んんっ……ふ……んっ……んぅっ……んっ……ん――――……！」

副社長が絶頂に達するまで、私は数えきれないくらい快感の頂点に昇りつめた。

六章　二人で生きていく

強引に求められた翌日――私は生まれて初めてずる休みというものをした。

たった一日逃げたからって、なんの解決にもならないのに……。

昨日は終わった後、車で家まで送ってくれると言っていたけれど、隙を見てタクシーを拾って逃げ帰ってしまった。

副社長から何度も着信が来ているけれど、話したらずる休みがバレてしまいそうなので出られない。

メッセージも来ていた。でも、怖くて見られない。

「もう、夜……」

もうすぐ寝る時間が来て、また朝が来る。そうしたら出勤して、副社長と顔を合わせないといけない。

ああ、気まずい……。

どうして、こんなことになっちゃったんだろう。いや、考えなくてもすぐわかる。意識が朦朧《もうろう》とするほどお酒を飲んで、彼と関係を持ったからだ。

——自分が悪い。

あのことがなければ、こんなことにはならなかったのに……。

ＡＫＩＴＯのこと、自分から聞いてみようかな。

『あ、気付いてたのか。それなら、話は早い。散々気持ちよくしてやっただろ？　ＡＫＩＴＯがイメージモデルを務めてくれるように、説得を手伝ってくれ』

『でも、私が娘だってこと知らないんです』

『大丈夫だって。今の時代、ＤＮＡ鑑定っていう便利なものがあるんだからさ』

『はあ……』

嫌なことを想像してしまった。

大きなため息を吐いていると、インターフォンが鳴った。

「……っ⁉」

あまりにも驚いて、驚くほど身体が大きく跳ね上がる。

ま、まさか、副社長？

恐る恐るモニターを見たら、そこには母の姿があった。

えっ……！　なんでお母さんが……。

水森さんと結婚しろって、説得しにきたの？

こんな時に勘弁してほしい。いや、こんな時じゃなくても嫌なんだけど……。

居留守《いるす》を使おうと思っていたら、衝撃の光景が映し出された。鞄から鍵を取り出し、共同玄関を開けたのが見えたのだ。

え!?　なんで!?　合鍵を作ってたの!?　いつの間に!?

に、逃げなきゃ……！

咄嗟《とっさ》にスマホをポケットに入れて、財布を持つ。

でも、どこに？　エレベーターは一機しかないし、お母さんが今使って……あ、そうだ。非常階段を使って下りれば……！

そんなことを考えている間に、玄関の鍵が開く音が聞こえた。

「やっぱり居留守だったのね」

部屋に入ってきた母に睨まれると、心臓が嫌な音を立てる。

「ち、違……居留守じゃなくて、ちょうどうたた寝を……」

「財布を持って？」

ああ、しまった……。

「……っ……それよりも、どうしてうちの鍵を持ってるの？」

「娘の家なんだもの。合鍵ぐらい持っていて普通でしょ」

「そういう家もあるかもしれないけど、そもそも、私、合鍵なんて渡してないよ？　どうやって……」

「この前のお見合いの時よ。鞄に入ってたから、預かってちょっとね」

「なっ……勝手に鞄を漁《あさ》るなんて酷い！」

家に帰った時、鞄の中には普通に鍵があった。とすれば、水森さんと二人きりにされていた時に作られていたのだろう。

「これくらい普通でしょ」

「普通じゃないよ！　酷い……っ」

「もう、大きな声を出さないで。それよりも、ご飯まででしょ？　デパ地下で色々買ってきたから、一緒に食べましょう」

「は……？」

「テーブルの上片付けて、拭いてちょうだい。お母さんは今、温められる物は、温め直すから。レンジ使うわよ」

「待って。今日は何の用があって来たの？」

「なぁに？　用がないと、来ちゃいけないの？　冷たい娘ね」

「……そういうわけじゃないけど」

いや、来てほしくない。でも、正直に言ったらギャーギャー騒がれて、確実に面倒なことになりそうだ。

早く帰ってもらうためには、母の言うことを聞くのが一番……。

「私はただ、久しぶりに娘と二人きりで、夕食が取りたいなぁと思っただけ」

母はデパ地下の袋を持って、鼻歌を口ずさみながらキッチンに入った。

一緒にご飯が食べたいなんて言われたのは、初めてだ。

しかも温め直してほしい時は、いつも絶対自分ではやらずに、私にやらせようとするのに……一体、どういう風の吹き回し？

「こっちは温めなくていい方ね」

ローストビーフとアボカド入りのポテトサラダがお皿に盛り付けられている。

「お皿汚しちゃってごめんなさいね。ちゃんとお皿に移した方が見映えがいいと思って」

「ああ、うん、それは全然いいんだけど……」

「一花はローストビーフとアボカドが大好きだものね」

「……うん」

まさか、好物を覚えてくれているなんて思わなかった。

母なんて大嫌いなのに、嬉しいと思ってしまう自分が嫌だ。

「えっと、じゃあ、私は飲み物を……って言っても、お茶とお水しかないけど……」

「ああ、いいのよ。全部お母さんがやってあげるから、座ってなさい。一花はどっちにする？」

「お茶で……」

「お茶ね」

こんな風にされたこと、今まで一度もない。本当にどうしたんだろう。

不審に思う気持ちの中に、嬉しい。昔からこんな風にしてもらいたかったという切なさ。色んな気持ちが入り混じっていて、涙が出そうになる。

こんな気持ちに、なりたくなかった。

どうして放っておいてくれないの？

狼狽しているうちに、料理と飲み物がテーブルに並べられた。ローストビーフとアボカドのサラダの他には、鶏肉《とりにく》と大根の煮物、唐揚《からあ》げ、おこわ、デザートには果物《くだもの》の盛り合わせまである。

これ、全部でいくらかかってるんだろう……。

デパ地下には滅多《めった》に行かないから、よくわからないけれど、安くはないことだけは間違いない。

「あの、半分払うよ」

後から何かこちらにとって不都合な要求をしてきて、断ったら「こんなに食べさせてやったでしょ！　高かったのよ！」なんて恩を着せられることになりそうで怖い。

「やだ、いらないわよ」

「でも……」

「親子なんだから、そんなこと気にしないの。たくさん食べてね」

あ、後が怖い……。

でも、せっかく買ってきてもらったものを無駄にするのは嫌だ。

「……ありがとう。えっと、頂きます」

こうして一緒に食事をすることって、今までほとんどなかったから緊張する。

美味しいんだろうけど、味が全然わからない。かといって、食べなかったら怒られそうな気がするし、適度に食べよう。

「ところで、修一さんとは、どうなの？」

ああ、なるほど。この話をしに来たんだ。

説得して、結婚するって約束をするまでネチネチ責められるパターンなのかな。

「まあ、こればっかりは相性だものね」

あれ？

「どんなところが合わないの？」

「えっと、合わないというか、その一……ちょっと特殊な性……趣味があって」

さすがに親の前で、性的な話をするのは気が引けて濁《にご》した。

「趣味って？」

「なんというか、その……人形を作るのが趣味で」

「へえ、器用なのね。でも、一花はそういうの別に苦手じゃないでしょ？」

「うん、そうなんだけど……」

「……ああ、親には言えないような理由があるってことね」

「まあ……」

濁したけど、伝わっちゃったみたい。

気まずいなぁ……。

「一花が言うんだから、よっぽどなのね」

「えっ」

「何？」

「あ、ううん、なんでもない」

いつもなら、「あんたは頑張りが足りない」とか、何か私が不満を漏らすと「あんたはちょっとのことでもすぐ騒ぐ」なんて文句を付ける癖に、一体、どういう風の吹き回しだろう。

「修一さんは家柄がしっかりしてるし、水森酒蔵との結婚は、一花にとっても、うちの旦那にとってもいい話だから、結婚してくれたら嬉しかったんだけど……」

「いや、私は……」

「わかってるわ。一花が嫌なんだから仕方ないわね。一花の人生だもの。一花が幸せじゃなきゃ意味がないわよね」

ど、どうなっているの？

うちの母の口から、こんな言葉が出てくるなんて信じられない。

別人みたい……結婚したら、丸くなった？　ううん、でも、だったらお見合いをさせるはずがない。

昔からこんな風に、私のことを考えて、理解がある親ならよかったのに……。

「お見合いしてくれただけでも助かったわ。ありがとうね」

「うん……」

「一花、ちょっと痩《や》せたんじゃない？　ちゃんと食べてるの？」

「食べてるよ」

「本当？　ちゃんと食べないと駄目よ？　ほら、これも、これもちゃんと食べなさい」

「う、うん……」

今までの人生、心配されたことも全くと言っていいほどなかったから、なんだか調子が狂ってしまう。

今更、母親っぽいことをされても、今まで虐《しいた》げられてきたのをなかったことになんてできない。

嫌いだ。ずっと嫌いだった。

それなのにどうしてだろう。とても戸惑っているのに、この時間が大切だと思ってしまう。

それがとても嫌だ。

「……お母さんは、最近どうなの？」

「そうね。幸せよ。私、家事が得意じゃないから、どうなることかと思ったけど、ほぼ外食だし、掃除と洗濯はハウスキーパーがやってくれるからよかったわ」

「ハウスキーパー？　すごいね。毎日？」

「そう、毎日よ。まあ、家に他人がいるっていうのは落ち着かないってところもあるけどね」

「あ、確かにそれはありそう」

他愛《たあい》のない会話をしながら、買ってきてもらったものを口に運ぶ。そのうちお腹がいっぱいになってきたせいか眠くなってきた。

「あら、眠くなってきた?」

「うん……」

目を開けているのが辛い。いつもお腹がいっぱいになると眠くなることはあるけれど、なんだかそれとは違って、異常に眠い。

「後は片付けておくから、少し横になるといいわ」

「ううん、でも……」

「いいから、ほら横になって」

昨日はちゃんと寝てるのに、徹夜した時よりも眠い。明らかにおかしい。こんなに強い眠気は初めてだ。

今、寝たら、マズいことになる気がする。

必死に抗おうとしたけれど、横になった途端、さらなる強烈な眠気が襲ってくる。

起きないと……。

必死に目を開けようとしたけれど、とうとう私は意識を手放してしまった。

◆◇◆

「眠ってると、ますます人形みたいだなぁ……うん、最高……うんうん！」

誰かの声が聞える。

夢……？

「こんな姿ですみませんねぇ」

これは、母の声だ。

こんな姿って？　というか、一体、誰と喋ってるんだろう。

ああ、嫌な夢……眠っている時ぐらい出てこないでほしい。

「いえ、問題ありません」

「飲ませたのは軽い睡眠薬《すいみんやく》なので、もう少しで起きると思いますから」

睡眠薬？

「ああ、起きていても、眠っていても人形っぽいし、むしろその方が楽しめそうなので、このままで大丈夫です」

人形……あれ？　この声って、水森さん？

ドアが閉まる音が聞こえてすぐに、何かが頬に触れた。

「やっぱり、スッピンか。うーん……スベスベ」

ゾワッと鳥肌が立つ。

これ、夢じゃない……！

今起きないと、大変なことになる気がした。

「あー……興奮してきた。あ、でも、杏ちゃんみたいなメイクをさせてからの方がもっと興奮するかも」

重たい瞼を何とかこじ開けると、水森さんが私を覗き込んでいた。

「……っ……!?」

「ああ、起きたんだ」

「なんで……」

身体を起こすと、酷い眩暈《めまい》に襲われる。

「う……っ」

重度の貧血みたいな症状……それに気持ち悪い。今すぐ横になりたいけど、この人の前でそんな無防備なことはできない。

どうして水森さんが私の家にいるのかと思いきや、ここは私の部屋なんかじゃなかった。

ここ、どこ？

部屋の内装は生活感がなくて、妙にきちんとしている。私は広いベッドに寝かされていて、水森さんは私を見下ろしていた。

ま、まさか、ここって……ホテル？

しかも妙に広いし、絶対に普通の部屋じゃない。特別室に違いない。

「こ、ここは、どこ……ですか？」

「ホテルだよ。ほら、お見合いしたラークハイアットの」

まさかだった。

「どういうこと……ですか？　なんで、私……こんな所に……」

確かさっきまで……ああ、そうだ。お母さんとデパ地下のお惣菜《そうざい》を食べていたはずなのに、なんでいきなりホテルにいるの？

「キミがいつまでも僕のことを無視するから、キミの母親に会わせてほしいって頼んだのさ。まさか、睡眠薬まで盛って連れてきてくれるとは思わなかったけど」

「なっ……」

あの強烈な眠気の理由は、睡眠薬だったんだ。

さっきの料理か飲み物に入れたに違いない。

こんなことまでするなんて……。

変だと思った。私と一緒に食事をしたいだなんてありえないもん。

でも、信じてしまった。喜んでしまった。そんな自分が情けない。

「無視されてショックだったよ。でも、キミのお母さんは、キミは初心《うぶ》な子だから、素直になれないだけ。一度抱いてしまえば、覚悟が決まるだろうって」

「……っ」

これが実の母親の言うこと？

私のことなんて、本当にどうでもいいんだ。

嫌われているとはわかっていたけれど、まさか、旦那さんに気に入られるための道具にされるだなんて思わなかった。

眩暈が酷い。起きているのがやっとだ。

「……だから、今日はたくさん可愛がってあげるよ」

頭を押さえていると、水森さんが押し倒してきた

「い、嫌……っ！」

渾身《こんしん》の力で身体を押したら、水森さんがベッドから転がり落ちた。

「うわぁ!?」

逃げなくちゃ……！

「ご、ごめんなさい！　私、帰ります……っ」

私はなんとか怠い身体を起こして、ふらつきながら必死に部屋を出ようとする。

「……っ……ふざけんな！　これだから、人間は嫌なんだよ！」

水森さんはすぐに身体を起こして、追いかけてきた。まだ薬が残っているみたいで、足がふらついて、ちっとも早く走れない。

今の私じゃ逃げきれない……！　出口に辿り着く前に捕まっちゃう……！

そうだ。

バスルームのドアが目に付いて、咄嗟に逃げ込んで鍵をかけた。

「おい、開けろ！　開けろって言ってんだろ！」

水森さんはドアを激しく叩いてくる。

どうしよう。こんな所に逃げ込んだって、一時しのぎにしかならない。

頑丈そうなドアだけど、鍵を壊されたら？　中に入ってきたらどうなるの？　殴られる？　犯される？

恐怖で身体がガタガタ震える。

怖い……！

睡眠薬の副作用なのか貧血が酷くて、恐怖と相まって立っていられない。はいつくばって何とかドアから距離を取った。

気持ち悪い。頭が痛い。怖いのに、今寝たら終わりなのに、また意識が遠のいていく。

なんとか外に助けを求めなければ……。

でも、ここには電話も何もない。

「誰か……っ」

絞り出した声は、水森さんの怒鳴り声にかき消されてしまう。ポケットでブルッと何かが振動した。

「……っ⁉」

ポケットに手を入れると、スマホが入っていた。

え、嘘！　どうして？

そうだ。お母さんが来た時、逃げ出そうと思って咄嗟に入れたんだった。

画面を見ると、副社長からの着信が入っていた。

副社長……！

震える手で通話ボタンをタップする。

『ようやく出たな。一花、今日は……』

「～～……っ」

副社長の声を聞いたら、涙が出てきて声が出ない。

『一花、どうした？』

スマホからは副社長の声、ドアの外からは水森さんの怒鳴《どな》り声が聞こえてくる。

「たっ……助け……」

『何かあったのか？　今どこにいる？』

よく会食に使うホテルだ。いつもは忘れないし、すぐに言えるのに名前が出てこない。

「あ……か、会食に……使うホテルで……」

『ラークか⁉』

「……っ」

通話なんだから見えないのに、声を出さずに頷いてしまう。

『ラークのどこだ？　レストランか？　客室か？』

「きゃ……」

『客室な。わかった。すぐに助けるか……』

電話が切れた。

「えっ……」

慌てて画面を見ると、充電残量がなくなって電源が切れていた。

そうだ。昨日、充電してない。

馬鹿――……！

「ふざけやがって……僕を馬鹿にしてんのか!? おい！ 開けろよ！」

もう、駄目だ。終わりだ。

「や……嫌……」

泣いてもどうしようもないとわかっていても、涙が出てくる。

副社長の声を聞いたら、余計に水森さんの好きにされるのが怖い。

副社長以外に、触られたくない……！

せめて何か武器になるものをと目に入ったのが、うちの会社で出してるシャンプーとリンスのボトルだった。

ドアを破られたら、これを投げ付けて、その隙に逃げられないだろうか。

クラクラする頭を働かせて、なんとか逃げ切ることを考えていたらドアを叩く音が止んだ。

あれ？

「チッ……誰だよ。こんな時に……」

外の音に集中すると、インターフォンが鳴っていた。

「しつこいな……」

足音が遠ざかっていって、玄関を開ける音が聞こえた。

今、出て行けば、助かる？　ううん、水森さんの仲間って可能性もある。却って最悪な結果になるかもしれない。動くのは危険だ。

「お客様、申し訳ございません。こちらのお部屋に不備が見つかりまして、お部屋のご移動をお願い致します」

「は？　いいよ。そんなの」

「申し訳ございません。危険なので、ご了承ください。お荷物はこちらで運ばせて頂きますので」

「いいって！」

ホテルの従業員？

しばらくの押し問答の末、水森さんは諦めて了承した。

「連れがいるけど、今、ちょうど風呂使ってるんで、後にしてもらえる？」

「では、お連れ様は後ほどご案内致しますので」

「いや、僕が……」

「いえ、我々がご案内致します。さあ、移動をお願い致します」

水森さんは舌打ちをして、外に出て行ったようだった。

でも、誰かの気配は感じる。ドアに耳を当てて様子を伺っていると、ノックの音が聞こえて心臓が大きく跳ね上がった。

「お客様、天沢一花様でしょうか」

「……っ……!? ど、どうして、名前を……」

「神楽坂様から伺っております。お怪我《けが》はございませんか？」

副社長が……！

本当に助けてくれた。

「は、はい……」

でも、母も副社長の名前を知っている。私を出てこさせようとして、それっぽいことを言って演技してるんじゃ……。

「もう、出られても大丈夫です。ご安心ください」

恐怖で何も言えずにいると、ノックと呼びかけが続く。それでも私は声を出すことも、鍵を開けることもできずにその場から動けずにいた。

どれくらいそうしていただろう。

「すみません。ありがとうございます。彼女は……」

意識が朦朧とし始めていたその時、副社長の声が聞えた気がした。

え……？

願望が幻聴になったのだろうか。

「それが、まだ出てきて頂けなくて……」

「ありがとう。助かった。一花、俺だ。助けに来た。もう大丈夫だから、鍵を開けてくれ」

ノックの音が聞こえた後、確かに副社長の声が聞えた。

幻聴じゃない……！　本物の副社長だ。助けてくれたんだ。

「……っ……副社長……！」

震える手で鍵を開いた私は、バスルームから飛び出して副社長に抱き付いた。彼は私をしっかりと受け止めて、抱きしめてくれる。

「もう、大丈夫だ。よく頑張ったな」

「こ、怖……怖かった……怖かったです……っ……も……駄目かと思って……」

「ああ、よく頑張ったな。怪我はないか？」

優しく頭を撫でられると、涙がボロボロ零れた。

ああ、もう大丈夫だ。

安心したら、目の前が暗くなっていく。

「一花？」

「すみませ……私、もう限界……」

「限界って、おい……一花⁉　一花……っ！」

副社長の声がだんだん遠くなっていって、やがて聞こえなくなった。

でも、もう大丈夫。この腕の中なら安心だ。

◆◇◆

頭が痛い。胃の中が気持ち悪い。

でも、とても寝心地がいいし、ふわふわいい香りがする。

私の大好きな香り……副社長の香りだ。

「ん……」

「一花？」

ぼんやり目を開くと、副社長が私を見下ろしていた。

「副社長……？」

「よかった。起きたか」

「はい、おはようございます……」

私、どうしたんだっけ……。

「ここは……」

「俺の家だ。今、水持ってくるから待ってろよ」

「あ……ありがとうございます」

そういえば、喉がやけに渇いてる。

私、どうして副社長の家に……。

「あっ」

私がようやく先ほどまでのことを思い出したところで、副社長が水を持ってきてくれた。

「ほら」

「ありがとうございます」

貰った水を喉に流し込むと、胃の気持ち悪さも少し治まった。

「もう一杯飲むか?」

「いえ、大丈夫です。それよりも、助けてくれてありがとうございました。もう、駄目かと思いました……」

水森さんに押し倒された時の恐怖を思い出し、思わず身体をさすってしまう。

「いや、お前が助けを呼んでくれてよかった」

「副社長が電話をかけてくれたおかげです。それまで私、自分がスマホを持っていたこと忘れていたので……」

「俺のしつこい電話もたまには役立つもんだな。具合悪くないか？」

「まだ、少し……」

「どんな風に具合悪い？」

「頭が痛くて、胃も気持ち悪いです。ちょっと貧血みたいな症状で……でも、さっきよりはいいです」

「そうか。睡眠薬が身体に合わなかったんだろうな」

「えっ……どうして、それを……」

「あの男を捕まえて思いっきりぶん殴って……」

「ぶん殴って⁉」

「ああ、違った。あれはちょっと手が滑《すべ》っただけのアクシデントだ」

そんなアクシデントある？

でも、私のためだ。暴力はいけないことだけど、正直嬉しい。

「んで、あの男から何があったのかを聞いて、その後お前の母親も捕まえて色々聞いた。お前に睡眠薬を混ぜた飯を食わせたって」

「やっぱり……」

怖い。

まさか、あんなことをするなんて思わなかった。もう、母の皮を被った得体《えたい》の知れない何かにしか見えない。

「……夜、急に訪ねてきて、私とご飯を……食べたいって言ったんです。そんなこと初めてで戸惑って……でも、母のことは嫌いなはずなのに、嬉しくなってしまって……」

「そうだったのか」

「はい、デパ地下からわざわざお惣菜を買ってきてくれて……私の好物なんて絶対知らないと思ってたのに知っていて、ますます嬉しくなって油断しました」

母はたまに眠れないと言って、睡眠薬を処方されていた。お惣菜を温め直すって言った時に、こっそり入れていたのだろう。

何に入れていたんだろう。緊張していたからか、どれもちゃんと美味しくて、薬の味なんて全然わからなかった。

「油断も何も、まさか実の母親がくれた料理に睡眠薬が入ってるなんて思わないだろ。自分が悪いみたいな言い方するなよ」

　優しく頭を撫でられると、涙が出てくる。

「それから見合いをしたのは、母親の旦那の顔を立ててだったんだってな」

　あのプライドの高い母から、よく聞き出せたものだ。

「はい、お見合いだけでいいって言われたんですけど、しつこく粘着《ねんちゃく》されまして。結婚した方が条件がよくなるので、当たり前なんでしょうけど……」

　わかっていたけれど、一番大きかったのは副社長のことで自暴自棄《じぼうじき》になっていた。

「……なんであの時、言ってくれなかったんだよ」

「それは……」

　副社長が私を相手にしてくれるのは、父が目当てだと思っていたから。

　知るのが、怖い……。

　でも、これ以上曖昧《あいまい》にはできない。

「どうして、副社長は私に構うんですか？」

「お前なぁ～……好きだからって言ってるだろ。記憶力いいんだから、忘れたとは言わせねーからな」

「……本当は？」

「は？」

「本当は私を……す、好きなんて、嘘じゃないんですか？」

「なんでそうなるんだよ。というか、いつも本気にしてもらえないけど、俺のどういうところが信用できない？　直すから教えてくれよ」

真剣な様子を見て、「嘘」と言ったことに罪悪感を覚える。

違うの？　ううん、でも……。

「副社長みたいに素敵な人が、私のような人間を好きだなんて信じられなくて……」

「『なんて』って言い方やめろよ。お前は可愛くて、面白くて、噛《か》めば噛むほど味が出てくるイイ女なんだからさ」

「そんな、スルメみたいな……」

そう言ってくれるのは、嬉しい。でも、素直に喜べない。

ハッキリさせなくちゃ……勇気を出せ。このままじゃ何も進まない。

「……あの、正直に答えてください」

「何を？」

「正直に答えてくれるって約束してくれるなら、話します」

「わかった。スリーサイズから好きな体位まで何でも正直に話すから、聞いてみろよ」

「そ、それはいいです。……あの、私に構うのは私が好きだからじゃなくて……本当は……その、私の父親目当てじゃないですか？」

「なんでお前の父親が出てくるんだよ。……ん？　俺は同性愛者じゃないぞ？」

「そういう意味じゃなくて……っ」

「そもそもお前、自分の父親の素性《すじょう》を知らないんじゃなかったか？」

「……モデルのＡＫＩＴＯです」

「えっ⁉　ＡＫＩＴＯって……あの？　うちの新製品のイメージモデルに起用したいあのＡＫＩＴＯ？」

すごく驚いているみたい。演技とはとても思えない。

「そうらしいです。つい最近知って……あの、副社長は、知ってたんじゃ……」

「知るわけないだろ。……ん？　あ、わかった。なるほど、そういうことか」

副社長は大きなため息を吐いたと思ったら、私の頬を指で軽く抓《つね》ってきた。地味に痛い。

「痛っ！　な、何を……」

「どうせＡＫＩＴＯを説得してもらうために、娘の私に近付いたんでしょ！　とでも思ったんだろ？　バーカ」

「バカって……っ」

「なんだよ。違うのか？　じゃあ、なんで俺の気持ちを疑うんだよ」

「……違わない、です」

「あのなぁ……俺がそんな回りくどい男に見えるか？　説得してもらいたいなら、正直に『おい、取り次げよ』って言うっての」

「それは、そうなんですけど……でも、その方がしっくりくるというか……だって、副社長ほどの人が私を……」

「だから、好きだって言ってんだろ」

声を荒らげた副社長は、私の唇を苛立った様子で奪った。

「んっ……」

苛立っているのに、そのキスは今までのキスの中で一番優しくて、頭も身体もとろけてしまいそうなほど甘い。

じゃあ、本当に副社長は私を……？　こんなに幸せなことが、あっていいの？

「お前だって、俺のことが好きだろ？」

「……っ」

頭がぼんやりして、気が付いたら頷いてしまう。ニヤリと笑った副社長の顔を見て、顔が熱くなる。

ついに、自分の気持ちを知られてしまった。

ううん、勘のいい人だもん。とっくに気付いていたはずだ。

「頷くだけじゃなくて、言葉にしろよ」

「えっ……」

「ほら、早く」

「で、でも、知ってるのに、わざわざ言うことなんて……」

「あーあ、好きな女にずーっと疑われて、辛かったなぁー……傷付いたなぁー……」

本当に酷いことをした。もし自分が副社長の立場なら辛いし、たくさん悩んだはずだ。

「すみません……」

「謝罪よりも、お前の気持ちが知りたい」

さっきのキスで濡れた唇を指でなぞられ、もう既に熱い顔がますます熱くなる。

「言えよ」

まさか、この気持ちを口に出すなんて思わなかった。

「……っ……好きです」

まさか、この想いを受け入れてもらえるなんて思わなかった。

あまりに幸せで、この幸せをどう受け止めていいかわからなくて、さっきとは別の意味の涙が零れた。

「ずっと……でも、伝える気はなくて……一生この気持ちは、隠していこうと思ってたのに……私、夢見てない……ですよね？」

「夢じゃない。現実だってわかるまで、何度だって言ってやるよ。一花、好きだ。いい加減俺のものになれ」

こんな日が来るなんて……。

涙がどんどん溢れて、息が苦しい。

副社長に再び唇を奪われ、ますます苦しくなった。でも、このまま息が止まったとしてもやめてほしくない。

「なりたいです……副社長の彼女に……」

自分から何かになりたいなんて思うのも、言うのも初めてだ。

それは、なんて幸せなことなんだろう。

「ああ、彼女にしてやるよ。もう遠慮はしないから、覚悟しろよ」

「えっ」

「なんだよ。『えっ』って」

「だって……あれで遠慮してたんですか？」

「してたっての。海より心が広い俺に感謝しろ」

副社長は私を押し倒したところで、「あっ」と何か気付いたような声を上げて、すぐに身体を起こした。

「副社長？」

「……今日は遠慮しないとだった」

えっ……!?

「どうして……」

「睡眠薬の副作用で辛いからに決まってるだろ？　今日は我慢してやるから、ゆっくり休……」

今すぐ触れてもらいたい。

「嫌……っ」

あまりにもその気持ちが大きくて、思わず副社長の言葉を遮《さえぎ》ってしまった。

驚いた様子の彼の表情を見て、ハッと我に返る。

わ、私、何言ってるんだろう。

「な、なんでもありません」

「なんでもなくないだろ。俺も遠慮しないから、お前も遠慮するなよ。思ったことちゃんと言っていい」

「……っ……ありがとうございます」

副社長の気持ちは嬉しい。でも、こればかりは……。

副作用で辛いのなんて大丈夫だから、抱いてほしい！　なんて……いやらしい女だって思われるに違いない。

それは恥ずかしい……！

「……で？　何が嫌なんだ？」

「い、今のは、本当になんでもなくて……」

「じゃあ、俺が当ててやるよ」

「えっ……あっ」

大きな手が、私の太腿をしっとり撫でてくる。

「俺に抱いてほしいって思ってるだろ」

「……っ……ち、違……」

あからさまに慌ててしまうと、ククッと笑われた。

「違わないだろ？」

ああ、もう、誤魔化せない。

「はい……」

あまりにも恥ずかしくて、両手で顔を覆った。視界を遮っても、恥ずかしさは治まらない。

すると、副社長がその手にキスしてくる。

「あっ」

「なんで隠すんだよ」

「恥ずかしくて……」

「可愛い奴……なあ、キスしたい。手、退けろよ」

恐る恐る手を退《しりぞ》けると、優しく微笑《ほほえ》む副社長の顔が映った。

綺麗だなぁ……。

見惚れていたら、唇を深く奪われた。

「ん……ぅ……んんっ……」

唇を吸い合って、舌を絡め合う。

ああ、なんて気持ちいいの……。

お腹の奥が、いつも副社長に触れられている恥ずかしい場所が、熱く疼いている。

身をよじらせると、割れ目の間がヌルヌル濡れていることに気付く。

「……本当にいいのか？　具合は？」

「大丈夫です……だから……」

もう、恥じらってなんていられない。抱いてもらえなかったら、おかしくなってしまいそうだ。

「優しく抱くけど、辛かったらちゃんと言えよ?」

頷いたら、「いい子だ」とおでこにキスしてくれた。

ごめんなさい。嘘を吐きました。

もし辛かったとしても言わない。だって辛いだなんて言ったら、優しい副社長は私を気遣って、途中でやめてしまうはずだ。

途中でなんてやめてほしくない。最後までしてほしい。

副社長は私の唇や頬や耳にキスしながら、服と下着を脱がせてくれる。

「ぁっ……んんっ……」

全身に優しい愛撫を与えられ、身体がどんどん熱くなっていく。

不思議――……。

副社長に触れられると、あんなに悪かった気分が、どんどんよくなっていくのを感じた。

「一花、大丈夫か?」

「大丈夫……です。なんだか、よくなってきたみたい……で……」

「そうか、よかった」

心配してくれてるのが伝わってきて、嬉しさのあまり涙が出てきそうになる。こんなにも満たされた気分になるのは、生まれて初めてだ。

気付かれないように涙を拭《ぬぐ》っていると、足を左右に開かれた。割れ目の間を長い舌でなぞられると、甘い快感が全身に広がっていく。

「あっ……副社長……だめっ……私、まだ、お風呂に……あっ……汚い……です……からっ……あぁっ……！」

汚いから、舐めないでほしい。

気持ちいい。もっとしてほしい。

相反する考えが、快感で真っ白になっていく頭の中でせめぎ合う。

「名前」

「え……？」

「プライベートなんだから、名前で呼べよ。もうちゃんと付き合ってるんだから、いいだろ？」

「あ……」

改まると、なんだか気恥ずかしい。

「ん、じゃあ、ご褒美だ。うんと気持ちよくしてやるよ」

長く肉厚な舌が巧みに動いて、敏感な粒をねっとりと可愛がられた。舐められるたびにそこが硬くなって、どんどん敏感になっていく。

「あぁ……っ！　ぁんっ……あっ……み、湊……さんっ……あっ……あぁっ……はぅっ……おかしくなっちゃ……あっ……あぁっ……！」

どんどん溢れ出す蜜をジュルジュルすする音が恥ずかしい。

でも、その羞恥心すらも、快感のスパイスになっていた。あっという間に絶頂へ連れて行かれ、身体が甘い痺れに包み込まれる。

絶頂は一度じゃなかった。

湊さんは宣言通り私を愛撫し続け、何度も達した私は指一本動かせないほどになっていた。

気持ちよすぎて、おかしくなりそう――。

意地悪な笑みを浮かべた湊さんは、起きているのがやっとの私の膣口に、熱い欲望を宛がった。

「今度はこれで気持ちよくしてやるよ」

「あ……っ……」

「湊……さん」

ゆっくりと湊さんが入ってきて、中が広げられていく。

待ち望んでいた快感――身体中の毛穴がブワリと開いて、足元から絶頂の予感がせり上がってくるのを感じた。

「スゲー……絡みつく……っ……ああ……お前の中……本当、最高……」

湊さんは欲望を奥まで埋めるとゆっくりと動かし、私の中にしっかりと熱を焼き付けていく。

あまりに気持ちよくて、腰が勝手に動いてしまう。

「あっ……あぁっ……はっ……あぁっ……んっ……あっ……気持ち……いっ……あぁっ……あっ……あぁんっ！」

欲望に掻き混ぜられるいやらしい水音、肌がぶつかり合う音、激しい息遣い――その全てが私の興奮を煽《あお》って、さらに奥から蜜が溢れ出す。

「……っ……俺も……気持ちいい……っ……少し、気ぃ抜いたら……っ……激しくしそうになる……」

「……っ……して……くださ……っ……」

「無理しなくていいって……大丈夫……だ。ちゃんと、我慢……できるから……」

あやすように頭を撫でられ、私は首を左右に振る。

「や……違……っ」

「何が？」

「し、て……ほし……っ……して……っ……湊さん……激しっ……激しくしてくださ……っ……あっ……んんっ……」

ゆっくり優しく抱かれるのも気持ちいい。でも、激しい方がもっといい。

激しくされると、湊さんをより強く感じられる気がする。

「……っ……そんな誘い方、どこで覚えてきたんだよ」

湊さんの頬が、さっきよりも少し赤い気がする。

「え……？」

「なんでもない。お前から誘ったんだから、責任取って受け止めろよ？」

頷く前に激しく抽挿《ちゅうそう》を繰り返され、私は外まで聞こえそうなほどの大きな嬌声を上げた。

翌日——私は人生で二度目のずる休みをしてしまった。

一度目は罪悪感でいっぱいだったけれど、二度目は申し訳なさを感じながらも、幸せで胸がいっぱいだった。

エピローグ　あなたに相応しい私

湊さんと付き合い始めて、数か月が経とうとしている。

あれから私はすぐに湊さんの家に引っ越して、同棲《どうせい》を始めていた。一緒に暮らすことを持ちかけたのは、彼からだ。

『私、帰りますね』

『今日も泊まっていけよ』

『明日は月曜日ですし、色々準備が……』

『……あのさ、前から思ってたんだけど一緒に暮らさないか？』

『えっ⁉　それって、その……所謂《いわゆる》同棲……っていうものでは？』

金曜の夜から土曜にかけて湊さんの家に泊まって、日曜に帰ろうとした時に、突然提案された。

『そ、同棲』

『えっ……ええっ⁉　いやっ……さすがに同棲は早すぎませんか？　付き合ったばかりですし、私も引っ越したばかりですし……』

『なんだよ。お前は俺と暮らしたくないの？』

『いえ、そんなわけじゃないですけど……』

『俺は暮らしたい。一緒に住めばまだ一緒に居たいのに帰さなくてもいいし、好きな時にイチャイチャできんだろ？』

『イッ……⁉』

『したいだろ？』

『べ、別にしたくないです』

『嘘吐くなよ。表情が変わらなくても、わかるんだからな。今お前、俺に抱かれたいと思ってるだろ』

『ちっ……違いますっ！』

『で、いつにする？　もう週末には引っ越して来いよ。業者は頼んどいてやるからさ』

湊さんはスマホを取り出すと、どこかに電話をかけ始めた。

『そんな急になんて無理に決まってるじゃないですか！　段ボールに詰めたり、掃除したり、やることが色々……』

『そんなの業者に任せればいいだろ。ってことで、来週でいいな？　あ、もしもし、俺だけど土曜に引っ越し頼みたくて……』

『ちょっ……引っ越し業者の人にかけてるんですか⁉』

あれよあれよという間に決められ、気が付いたら翌週には同棲開始……。

彼氏ができるだけでも自分にとってはすごいことなのに、同棲まで……本当に夢みたいな日々を送っている。

初めは好きな人と暮らすってことで、幸せを感じる以上に、何か失敗をして幻滅させちゃうんじゃないかって、すごく緊張していた。

でも、今では少しずつ慣れて、リラックスできている。


「湊さん、起きてください。朝ご飯ができましたよ」

昨日湊さんが食べたいって言ってたオムライスを朝ご飯に作って、まだ寝室で眠る彼を起こす。

寝返りを打つとブランケットがずれて、逞しい胸板がチラリと覗く。

わ……っ！

「うーん……まだ、眠い……」

「もう、お昼ですよ。土曜日だからって寝すぎです」

彼は身体を重ねた後、服を着直さないので裸のままだ。面倒だし、この方がよく眠れるらしいけど、朝起こすこっちの身にもなってほしい。

ううう、目のやり場に困っちゃう……。

「後、十分だけ……」

「オムライスが冷めますよ。温め直したら、卵が半熟じゃなくなっちゃいますからね」

「それは嫌だ。起きる」

ムクリと起き上がると、完全にブランケットが落ちて全裸が露わになる。下半身が見えても、湊さんは全く気にしていない様子だ。

「ちょっ……私が出て行った後に、起きてくださいよ……っ」

「何、照れてんだよ」

「別にそういうわけじゃないです！　ただ、目のやり場に困るだけで……」

本当は照れているのに、つい意地を張ってしまう。湊さんはそんな私を見て、面白いおもちゃを見つけた子供のように笑って見せる。

近くに昨夜脱ぎ棄《す》てた服があるのに、拾う気配を全く見せない。

絶対わざとだ。私をからかってるんだ！

「いつも見てるんだからいいだろ」

「変な言い方しないでくださいっ！　もう、リビングで待ってますから、早く用意を整えてきてくださいね」

寝室から出た後も、湊さんの裸が目に焼き付いて離れなくてドキドキしてしまう。その流れで昨夜抱かれた時のことまで思い出して、顔が異常に熱くなる。

な、何か別のことを考えて、気を紛らわさなくちゃ……。

テレビを付け忘れていたことを思い出して、電源を入れた。

朝、ご飯を食べる時は、いつもニュースを見ながら食べている。

もう、お昼のニュースだ。

『次のニュースです。幻の日本酒と呼ばれる「神《かみ》の涙《なみだ》」で知られる水森酒蔵の水森誠一《せいいち》社長が、一億円あまり脱税したとして、東京国税局《とうきょうこくぜいきょく》から刑事告発されました』

「えっ⁉」

水森酒蔵って、あの水森酒蔵⁉

驚いていると、身支度を整えた湊さんがテーブルに着いた。

「ようやくか」

ようやく⁉

そういえばあの事件の後、湊さんは水森さんや母たちに報復をしたいか私に尋ねてきた。

私の答えは、ＮＯだった。

とても怖い思いをしたし、母のことは血が繋がった親でありながらも憎い。でも、湊さんと恋人になることができて、幸せのあまり何もかもどうでもよくなった。

それはネガティブな気持ちじゃなくて、ポジティブなものだった。

時間は有限だ。憎んだり、悲しんだりする時間が勿体ない。

少しでも時間があれば湊さんと次はどこに行こうとか、次はどんな料理を作ろうとか、彼との思い出を振り返ったりしたい。

そのことを伝えて、報復には興味がないと答えたのだけど……。

「湊さん、何かしました？」

「いや？」

偶然……？

「お、美味そう。食べていいか？」

「あ、はい、どうぞ」

呆然《ぼうぜん》としながらニュースを食い入るように眺める私を傍目《はため》に、湊さんは美味しそうにオムライスを食べ始めた。

『続いてのニュースです。旅館やホテルを経営する高橋グループのレストランで、数年前から食材偽装が行われていたことが内部告発により発覚しました』

「えっ……⁉」

母の夫になった人の会社だ。今頃、母にも何かしらの影響が出ているに違いない。

「ん、同じ日の報道になったのか」

「やっぱり何か……」

「いや？」

偶然？　それにしても、できすぎているような……。

「人の女を怖い目に遭《あ》わせて、タダで済むと思うなよ」

「絶対何かしたじゃないですか」

「してないって。元々悪事を働いてたから、明るみに出るように突いただけだ」

やっぱり、湊さんが動いてたんだ。

「それを『何かした』って言うんですよ」

「好きな女を苦しめたんだ。これくらいの報復はしたくなるだろ」

好きな女……という言葉に、思わず顔がにやけてしまうとスマホが震えた。母からのメッセージかと一瞬身構えたけれど、通販の発送通知メールだった。

ビックリした。そうだよね。もう、お母さんからの連絡はないんだ。

あの事件の後——湊さんは私の母に直接会いに行った。そして二度と私に近付かないようにということと、連絡をしないように言ってくれて、法的な約束も交わした。

念のため、スマホの番号や、メールやメッセージのアドレスやＩＤも変えたし、連絡が来ることは絶対にない。

それにしても、あの母を納得させるなんて、どんな風に説得したんだろう。

気になって尋ねてみたけれど、湊さんはにっこり笑うだけで絶対に教えてくれない。

もし、今、まだ繋がっているんだとしたら……。

『あんたのせいで、夫から責められてる。あんたのせいで、私はいつも不幸だ。あんたなんて生まれてこなきゃよかったのに』

なんてメッセージが来るんだろうなぁ……。

「一花、どうした？」

思わず苦笑いをしてしまうと、湊さんが不思議そうにこちらを見ていた。

少し前までの私なら、想像しただけでダメージを受けていたところだ。

でも、今は、不快だという気持ちはあっても、辛いとか、私が生まれたせいで……なんていう罪悪感とかは覚えなくなった。

「いえ、通販の発送通知メールでした」

「何買ったんだよ。エロいやつ？」

「ち、違います。化粧品です。もう、すぐそういう話に持っていくんだから……」

「ははは、ほら、お前も早く食べろよ。冷めるぞ」

「そうですね」

スマホをポケットに入れて、オムライスを口に運ぶ。

うん、美味しい。

母と暮らしていた頃はいつの間にか母のことで頭がいっぱいになってしまって、喉を通らなかったし、食べても味がしないことが多かった。

でも、今は大丈夫だ。

湊さんを好きになってよかった。好きになってもらってよかった。

「なあ、今日これからデートしないか？」

「！　はい、したいです」

嬉しくて、口元がムズムズする。

「一花、笑ってる」

「えっ！　本当ですか？」

ムズムズすると思ったら、にやけていたらしい。

「ああ、お前、最近感情が顔に出るようになったよな」

「そうですか？」

「ああ、今まで以上に可愛くなった」

「可愛……っ……も……からかわないでください」

「いや、本当に」

またにやけそうになるのがわかって、口元を押さえる。

そっか、もう、感情を抑える必要なんてないから、無表情が治ってきたのかもしれない。

「えっと、どこへ行きますか？」

「そうだな。秋服見て、レストランで飯食べて、その後は前に行ったバーに行かないか？」

「う……バーですか？　私、お酒はもう……」

「なんで？」

「また、前みたいな失敗をしたくないので……」

自分の失態を思い出し、心の中で悶絶《もんぜつ》する。

いや、あの失敗があったからこそ、こうして湊さんと付き合うことになったからいいんだけど……やっぱり恥ずかしい。

「俺と一緒なんだから失敗したっていいだろ。というか、可愛いし、興奮するから大歓迎」

興奮という言葉で、ますますあの日の失態を思い出してしまう。

「い、嫌ですっ！　行ってもいいですけど、私は、飲みませんからね」

「わかった、わかった」

そう答える湊さんの顔は、イタズラを企《たくら》む子供のようだった。

い、嫌な予感がする……。

◆◇◆

人間は学習する生き物だ。

「泥酔した方が楽しいのに」

「もう、加減は覚えました」

「つまらないな」

「妙なことを企んでも無駄ですよ」

結局、せっかくバーに来たんだからと飲むことにしたけれど、泥酔することは避けられた。

頭がフワフワした辺りでお水に切り替えたのが勝因だ。

「それにしても、こんなすごい部屋……贅沢じゃないですか？」

「そうか？」

湊さんはいつの間にかホテルに部屋を取っていて、今日はここで一泊することになった。

しかも、スイートルームだ。

ホテルのバーと同じく夜景が一望できて、二人しかいないのにリビング、寝室、書斎《しょさい》と三部屋も付いている。

「そうですよ。湊さんだけが泊まるのはしっくりきますけど、私もなんて……」

「なんで？」

「だって、身分不相応というか、なんというか……」

「そんなことないだろ。お前って、いつも自己評価低いよな」

「自己評価高かったら問題ですよ。勘違い人間じゃないですか」

「どこも問題ないだろ。ていうか、勘違いなんかじゃなく、お前はいい女なんだから自信持てよな」

恋は盲目《もうもく》と言うけれど、まさにこのことだ。

湊さんからよく思ってもらえるのは嬉しい。でも、私はいい女なんかじゃない。

何も言わずに窓から夜景を眺めていると、不服そうに睨む湊さんとガラス越しに目が合った。

えっ……？

「な、なんですか？」

「お前、全然信じてないだろ」

「……っ……そんなことは……」

「ないとは言わせないからな。お前の考えてることなんて、お見通しだってーの」

後ろから手が伸びてきて、ギュッと抱きしめられた。

「あっ……」

「言葉で信じられないなら、身体で教えてやるよ」

「身体って……」

顔だけ後ろを向けた瞬間、唇を重ねられた。

「ん……ぅっ……」

咥内《こうない》を隅々まで舐められ、舌をヌルヌル絡められた。

ああ、気持ちいい……。

唇や咥内に与えられる快感に酔っていると、いつの間にか背中がスースーする。

背中のファスナーを下ろされていたことに気付いたのは、ワンピースが足元に落ちてからだった。

「あっ……」

嘘、いつの間に……。

前を向くと、下着姿の自分がガラスに映っている。

高層階で外からは見られないとわかっていても、こんなところで裸になるのは恥ずかしい。

「夜景よりもいい眺めだな？」

「何を言って……あっ」

湊さんはブラのホックを外すと、カップ中に手を潜り込ませて、膨らみに指を食い込ませてきた。少し触れられただけで、先端が硬く尖っていくのを感じる。

「んっ……湊さん……ま、待って……」

「なんで？　お前の乳首は、全然待ってほしそうじゃないけど？」

指の腹でくすぐるように撫でられ、ビクッと身体が跳ねた。

「ぁんっ！　ち、違……ここじゃ……恥ずかしいです……」

「外から見えないぞ？」

カップの中で尖った先端を弄られ続けながら、湊さんは後ろから耳を舐めてきた。ガラスにその様子が映っていて、羞恥心が煽られる。

「……っ……ン……そ、それでも、やっぱりここは……」

「いいよ」

その一言にホッとしていたら、尖った先端をキュッと抓まれた。

「ぁっ！」

「ベッドで抱いてって、可愛くおねだりできたらな」

窓ガラスに、湊さんが意地悪な顔で笑うのが映る。

「……っ……も……湊さんっ！」

「言わないなら、ここで最後までするぞ」

クロッチ越しに割れ目を指でなぞられると、クチュクチュといやらしい音が響く。

「ぁ……っ」

濡れてるのはわかってたけど、こんなにも濡れてるだなんて思わなかった。

割れ目の間にある敏感な粒や膣口がヒクヒク疼いて、触ってほしくて仕方がない。

お酒が入ってるせい……？

いつもよりも、欲求を強く感じる。

「一花、おねだりは？」

恥ずかしい。でも……。

「ベッド……」

「ベッドが何？」

「……っ……ベッドでして……ください」

「何を？」

勇気を振り絞ってお願いしたのに、また意地悪をしてくるなんて……！

「湊さん……っ！」

抗議の意味を込めて名前を呼ぶと、横抱きにされた。

「きゃっ！」

「そんな怒んなよ。ベッドに連れて行ってやるからさ」

「い、いいです。重いから、私、自分で……」

「彼女一人ベッドに連れていけないような軟《やわ》な男扱いすんなよ」

決して軽くないのに、湊さんの腕はしっかりと私を抱えてビクともしない。湊さんは私をベッドに座らせると、自らも服を脱いで覆い被さってくる。

「あ……待ってください。その前に、シャワーを……」

「終わってから、一緒に浴びればいいだろ」

「い、嫌です。汗かいたし……」

「それがいいんだろ。汗にはフェロモンが含まれてるって言うし、スゲー興奮する。ん～……

いい匂い」

湊さんは胸の間に顔を埋めて、スンスン鼻を鳴らす。

「ちょっ……嗅《か》がないでくださいっ！　変態っぽいですよっ！」

「人間は皆、少なからず変態な部分を持ってるもんだ」

「開き直らないで……あっ」

ブラを取られて、胸を揉まれた。

「んっ……ぁっ……は……んぅっ……」

すでに尖っている先端を唇でしゃぶられ、舌で捏ね繰り回されると、ショーツの中がさらに濡れていくのを感じる。

「お前は最高の女だよ。この柔らかい胸も、感度のいい乳首も……」

こんな風に触られたら、もう、シャワーなんて言っていられない。すぐに抱いてほしくて、我慢できなくなる。

ショーツの中に刺激が欲しくて、自然とお尻が動いてしまう。

「欲しがりなこっちも舐めてやるよ」

湊さんはニヤリと笑って、ショーツをずり下ろした。

「ほっ……欲しがりって……あっ」

感じて力の入らない足は、少し触れられただけで開く。湊さんは私の足の間に顔を埋めると、敏感な粒を舐め出した。

「や……っ……あぁっ……湊さん、だめ……っ……シャワー浴びてないのに……っ……」

「それが興奮するんだろ」

「そんな……っ……あっ……あっ……あぁんっ！　あぁっ……あっ……あぁ……っ！」

濡れた膣口に指を入れられ、中と外の同時に甘い快感を与えられた。

目の前が真っ白になって、足元から駆け上がってきた絶頂にあっという間に呑み込まれてしまう。

湊さんは指を引き抜くと、長い舌で見せつけるように蜜を舐め取る。

そんなの舐めないでほしい。でも、言えば余計にそうすると私は知っているから、何も言わない。

「……っ」

指を舐める仕草はとても色っぽくて、見ているとお腹の奥がまた疼き出す。

「もう、イッたのか？　相変わらず感じ上手だな」

「……っ……違……湊さんに……」

「俺に？」

「湊さんに触られたから……感じてるだけで……っ……」

元々いやらしい女みたいに言わないでほしい。

絶頂の余韻《よいん》で痺れながらも訂正すると、湊さんが頬を赤く染めて口元を緩ませる。

え、何？

「俺に触られたら、感じるんだ？」

「そうです……湊さんだからですっ」

念押しすると、なぜかますます口元が緩んでいく。

なんで？

「ホント可愛い奴」

湊さんは身体を起こすと、蜜で溢れている膣口に熱い欲望を宛がった。これから与えられる刺激を想像して、お腹の奥がキュゥッと切なくなる。

「あ……んぅっ……」

湊さんは私の唇を深く奪って、一気に欲望を突き入れた。

「んんっ……！　んっ……んぅ……んっ……んっ……んぅっ……」

口の中も、お腹の中も、全部湊さんでいっぱいだ。

激しい抽挿を繰り返され、頭の中で快感の火花が弾《はじ》ける。

「んっ……んぅっ……んっ……んっ……んんっ……！　んっ……んー……っ」

今日は、いつも以上に激しい気がする。

いいところにばかり当たって、気持ちよくておかしくなりそう。

「締め付けすぎだ。そんなにいいか？」

中を広げるようにグルリと掻き混ぜられ、入り口や中が引っ張られるたびに、あまりの気持ちよさに肌がゾクゾク粟立つ。

「……っ……い……はっ……ぁんっ……いい……あぁっ……！　き、気持ち……いっ……ぁんっ……あぁっ……」

奥に打ち付けられるたびに頭が真っ白になって、羞恥心も何もかも溶けていくのがわかる。

ただただ気持ちよくて、胸の中は幸せでいっぱいだ。

「俺もすごく気持ちいい……ずっと、お前とこうしてたい」

腰が浮くほど激しく突き上げられ、私はまた絶頂へ押し上げられた。中が激しく収縮して、湊さんの欲望の大きさや形をより強く感じる。

「あぁっ……ぁんっ……あっ……あっ……あぁっ……！」

「――……っ……く……」

快感のあまり溢れた涙で歪んだ視界に、切なげに顔を歪める湊さんが映った。

ああ、私、湊さんのこの表情が一番好き――。

「……俺も、もう……」

湊さんは一際激しく突き上げると、コンドーム越しに熱を放った。再び絶頂の余韻に浸ってまどろんでいると、ペリッという音が聞こえてハッと目を開ける。

音の正体は、新しいコンドームだった。

しかも出したばかりなのに、湊さんの欲望はもう既に大きさを取り戻していた。

「えっ」

「どうした？」

「な、なんで、また……」

「言っただろ？　お前がいい女だってことを身体で教えるって」

湊さんはニヤリと笑って、出したばかりなのにすでに大きくなっている自身にコンドームを被せる。

「もっ……もう、十分ですっ」

「遠慮するなよ」

「遠慮してるわけじゃ……きゃっ……も……む、無理……あぁっ」

結局二度でも済まずに、腰が立たなくなるほど抱かれてしまった。

◆◇◆

冷蔵庫を閉める音で、目が覚めた。

「ん……」

いつの間にか眠ってしまったらしい。ぼんやり目を開けると、ミネラルウォーターを持ってベッドに戻ってきた湊さんと目が合った。

「起きたか。飲む？」

「はい……」

「飲ませてやろうか？　口移しで」

「自分で飲めます」

「普通に断るな。突っ込めよな」

「私に突っ込みを求めても無駄だって、いい加減わかってくださいよ」

「それが面白いんだろ」

「もう……相変わらず、わからない人ですね」

湊さんはわざわざ蓋《ふた》を開けて、私に手渡してくれた。

「ありがとうございます」

喉がカラカラだったから、すごく美味しい。

「俺にもちょうだい」

「はい、どうぞ」

「口移しで……」

「自分で飲んでください」

「冷たいこと言うなよな」

湊さんは楽しそうに笑いながら、残りの水を煽った。

「で、自分がいい女だって、わかったか？」

「……それはよくわかりませんが、湊さんがとんでもない体力の持ち主ってことはわかりました」

「一応加減したんだけどな」

「あれで……っ!?」

驚愕《きようがく》して思わず大きな声を出してしまうと、湊さんがまた楽しそうに笑う。

「あっ……冗談でした？」

「いや、それは本当なんだけど……」

本当なことに衝撃を受け、言葉を失った。

オリンピック選手と同じくらい体力がありそうだと真剣に思う。

「お前って、本当に面白い女だなぁと思って」

「はあ……」

どの辺が面白いのか、自分ではよくわからない。

だって、面白いだなんて、湊さん以外に誰も言われたことがない……面白みのない人間だと言われたことはあるけれど。

「ずっと一緒に居たいって思う」

「……っ……あ、ありがとうございます」

嬉しくて、頬が熱い。

私も、ずっとずっと一緒に居たい。

私、最近、どんどん贅沢になってる……。

少し前までは湊さんを好きだと思っているだけで幸せだったのに、今ではいつか結婚できて、ずっと一緒にいられたら……なんて夢を見てしまっている。

湊さんは大企業の次期社長で、私みたいな庶民には分不相応だ。

いつか別れないといけない日が来るのかな？

暗い考えにとらわれていると、左手を掴まれた。

「えっ」

何事かと思ったら、薬指に大きなダイヤが付いた指輪をはめられた。

「えぇ……!? なっ……なんで、ゆっ……ゆびっ……指輪……!?」

「一花、俺と結婚しろよ」

「け、結婚!?」

「なんだよ。嫌なのかよ」

「いえ……でも、この前付き合ったばかりで……」

「時間なんて関係ないだろ。こういうのは、今だと思った時がいいタイミングなんだよ。実際同棲も早かったけど、結果よかっただろ?」

確かに……。

頷くと、湊さんが満足そうに笑う。

「でも、私は庶民ですよ?」

「だから?」

「湊さんはアミュレットの次期社長なのに、庶民が妻でいいんですか? そういう人って、どこかのご令嬢とかと結婚するんじゃ……」

「いや、俺だって庶民だし。母親は親父《おやじ》の愛人だぞ」

「でも……あっ」

押し倒された。湊さんは苛立った様子で、私を見下ろしている。

「み、湊さん……」

「ゴチャゴチャうるせーな。庶民とか、社長とか、そういうの抜きにして、お前の気持ちはどうなんだよ」

それは、もちろん……。

「結婚、したいです」

「よし」

湊さんは満足そうに笑って、私の頭を撫でる。

感極まって、涙が出てきた。

ずっと一人で生きていく。そう思っていたのに、人生って何が起こるかわからない。本当に夢みたいだ。

幸せ……。

今までとても辛かった。幼い頃からの記憶を何度も繰り返し思い出しては、勝手に傷付いていた。

ずっと生まれなかったらよかったって思ってた。でも、今は違う。

生まれてきてよかった——。

「ずっと、そうなったらいいなって思って……でも、夢みたいです。こんなに幸せでいいんでしょうか」

「これくらいで幸せになってたら、身が持たないぞ。これからもっと幸せにしてやるから、覚悟しておけよ」

「はい……」

そう返事をすると湊さんは嬉しそうに笑って、唇に優しいキスをくれた。

番外編　父親

湊さんと婚約して数か月が経つ。

母と離れて好きな人と結ばれた私は、相変わらず幸せな日々を送っていたのだけど、変化が一つあった。

「やっぱりお前の作るカレーは最高だな」

「よかったです」

湊さんはカレーを相当気に入ってくれたようで、今でもよくリクエストしてくれる。三日に一度は作ってほしいと言ってくるお気に入り具合だ。

私の料理を気に入ってくれたのは嬉しいけれど、さすがに頻度が高すぎるので一週間に一度作る約束で落ち着いた。

「今回も多めに作ってくれた？」

「はい、まだまだありますよ」

「じゃあ、明日の朝飯に食えるな。二日目のカレーも美味いんだよなぁ〜」

舌が肥えているはずなのに、私の作る節約料理が好みらしい。嬉しくもあるし、そういうところが可愛いと思う。

「あのー……湊さん」

「どうした？」

「その、無理してほしいわけじゃなくて、一応聞きたいだけなんですけど」

「どうした？　この後ヤリたいって？　大歓迎だけど」

湊さんはビールを飲みながら、楽しそうに笑う。

「ち、違います！」

「一回だけじゃなくて、二回、三回ヤリたいって？　お前もエロくなったもんだな」

「言ってませんっ！　もう、エッチなことばかり言って……酔ってますね？　もう、ビールは没収《ぼっしゅう》です」

「待て、待て。俺がエロいこと言うのは、酔ってなくてもだろ」

「確かに……」

ビールに伸ばした手を引っ込めて、自分のお茶が入ったグラスに持っていって一口飲んだ。

「で、どうした？」

「今月末、ＡＫＩＴＯがまた湊さんも交《まじ》えて、食事がしたいって言ってまして……」

「俺は大丈夫だけど、お前は？」

「私も何も予定がないので」

「そうじゃなくて、気持ち的な問題」

「はい、その点も問題ありません」

変化――それは、一度も会ったことのなかった私の父親で、モデルのＡＫＩＴＯと交流ができたことだ。


湊さんと婚約する少し前、私は彼の伝手《つて》を使わせてもらって、ＡＫＩＴＯにコンタクトを取った。

『初めまして、株式会社アミュレット秘書課の天沢一花と申します。突然のことで驚かれるかもしれませんが、私はあなたの娘のようです。一度お会いして話したいと思っていますので、お時間を頂けませんか？』

そして母の名前と、母から聞いた彼とのエピソードを手紙に記《しる》し、必要ならＤＮＡ鑑定をお願いしますと、自分の毛髪も同封した。

ちなみに、こちらではすでにＤＮＡ鑑定を済ませていて、私とＡＫＩＴＯの親子関係は証明されている。

　こちらも湊さんの伝手を使わせてもらって、ＡＫＩＴＯのヘアメイクの協力で毛髪を採取して検査したのだ。

　娘なら、そのことを利用して新商品の宣伝モデルになってもらえるように、交渉しようと思っていた。

　それは湊さんからお願いされたのではなくて、自分の意志で湊さんの力になりたいと思ったからの行動だ。

　検査前は、母の言うことだから……と半信半疑になっていた。

　聞かされた当初は冷静じゃなかったから信じたけれど、あの時見せられた写真は昔付き合っていた時に撮ったものであって、別の男性との間にできた子供っていう可能性も十分ある。

　だって私、全然ＡＫＩＴＯに似てないし……。

　でも、検査では親子関係が証明された。

　ＡＫＩＴＯ側も検査をしたようで連絡が来て、後日、話し合いの機会を設けることになったのだ。

「湊さん、話し合いに同席してください」

「ああ、もちろん」

「ありがとうございます。これを交渉の材料に使って、新商品の宣伝モデルになってもらいましょう」

「……は？　不安だから一緒に来てほしいって話じゃないのかよ」

「はい、不安はこれといって感じてないんですが、ビジネスの話はやはり秘書の私だけじゃなくて、湊さんがいないと……」

「会社にとってはありがたい話だけど、お前の気持ちはどうなるんだよ」

「気持ち、ですか？」

「俺がお前に近付いたのは、ＡＫＩＴＯに近付きたいからだって勘違いしてた時、スゲー嫌がってただろ？」

確かに、一時はＡＫＩＴＯの交渉材料として近付いてきたと思い込んで、それが嫌で仕方なかった。でも、今は違う。

「それは私に気持ちがないと思ってたからで、でも、湊さんは私のことをその……なんと言いますか……」

「ああ、好きだよ」

「……っ……あ、ありがとう、ございます……」

「なーに、照れてんだよ」

「い、いちいち、そういうこと言わないでください。私は父に対して何の感情も抱いていないので平気です」

「本当か？」

「はい」

湊さんの役に立ちたい――。

話し合いは後日、ＡＫＩＴＯの事務所で行われた。

話し合いの場に参加したのは当事者である私とＡＫＩＴＯ、そして私の付き添いに湊さん、ＡＫＩＴＯのマネージャーだ。

「初めまして、天沢一花です」

「へえ……キミが朱里《あかり》と僕の娘かぁ～……」

「はい」

「確かに、朱里の面影があるかも。彼女、美人だったから、娘も美人だ」

褒められているのに、少しも嬉しくない。

この人が、私の父親……。

会ったら血の繋がりを感じるようなことがあるのかな？　と思っていたけれど、全く感じなかった。

テレビでよく見る人が、目の前にいる。ただ、それだけしか思わなかった。まあ、少し不思議な感じはするけれど。

「朱里は、元気？」

「しばらく会ってないので、わからないです」

「そうなんだ。仲悪いの？」

「はい、絶縁してます」

「あー……そうなんだ。そっか、そっか…………で、いくらかな？」

「え？」

「とぼけなくていいよ。こんな場を設けるってことは、お金が欲しいんでしょ？　隠し子なんて体裁が悪いし、口外されると面倒なんだ。口止め料にいくらか払うよ。どれくらい欲しい？　遠慮せずに言って。できるかぎり頑張るからさ」

「……っ」

湊さんが立ち上がりそうになったのがわかって、隣に座る彼の膝に手を置いた。

「湊さん、大丈夫です」

「一花……」

確かにいきなり会いに来たら、そう思っても不思議じゃない。それに私は、驚くぐらい傷付いていなかった。

お母さんに暴言を吐かれ続けて、耐性が付いているのかも？　いや、でも、秘書課であれこれ言われた時は地味に傷付いてたからなぁ……。

湊さんが、心配そうに私を見ている。

あ、そっか……。

湊さんが傍に居てくれるから、少しも傷付いてないいんだ。

「大丈夫ですよ。本当に」

そう気づいたら、胸の中が温かくなる。

こんな時だっていうのに、湊さんが好きだなぁ……って改めて思った。

「AKITOさん、実の娘さんに対して、そんな言い方はあまりにも……」

AKITOのマネージャーも、苦言を呈《てい》していた。

「取り繕《つくろ》うのは面倒でね。僕のマネージャーなら、僕の性格、わかってるでしょ？」

「AKITOさん……！」

「あー……怒らないでよ～」

「構いません。そして私の目的はお金じゃないので、いりません。まあ、頂けるっていうなら、貰いますけど」

「そこは、お金なんていらない！　じゃないのかよ」

湊さんがすかさず突っ込んできた。

「生きていく上でお金は大切ですから。くれると言うなら、拒むつもりはありませんよ」

「まあ、それはそうなんだけど……」

「いけませんか？」

「だって、そこは格好つけるところだろ」

「格好でご飯は食べられませんから」

「俺がいるだろ」

「いつ、何があるかわからないじゃないですか。その時にお金があれば、私が湊さんを養えますし」

「縁起《えんぎ》悪いこと言うなよ」

私たちのやり取りを見ていたＡＫＩＴＯが、大きな声で笑いだした。

「朱里に顔立ちは似てるけど、性格は全然似てないんだね。面白いよ。気に入った。何？　一花が僕に会おうと思った目的が知りたくなった。聞かせてよ」

今の会話のどこに面白さがあったのかはわからない。でも、話を聞いてくれそうでよかった。

「ありがとうございます。あなたには、アミュレットの新商品の宣伝モデルになってほしいんです」

「アミュレットの？　ああ、何回も断ってるアレね」

「そもそも、どうしてNGなんですか？　うちの商品のどこが不服なんですか？」

「商品自体は不服じゃないよ。僕もサンプル貰ったけど、結構よかった」

「じゃあ、どうして……」

「うーん……撮影の時期が悪いんだよね～」

「他の仕事が入ってるんですか？」

「いや、仕事よりも、もっと大切なこと」

デリケートな問題？

「差し支えなければ、お聞きしてもいいですか？」

「ああ、もちろん、実はゲームの発売日なんだ」

「……は？」

ゲーム……？

「ＡＫＩＴＯさん！　正直に言わないでください！　こっちはそれっぽい理由でお断りしたんですから……！」

マネージャーが、慌てた様子で止める。でも、もう遅い。聞いてしまった。

「いや、だって、相手は娘だよ？　取り繕ってどうすんだよ」

「娘さんでも、大手企業のアミュレットさんが相手ですよ⁉」

「えー？　娘は娘だし……」

「あの、ゲームって、どういうことですか？」

「うん、撮影初日が楽しみにしてたゲームの発売日なんだ。だから無理なんだよ」

「……はぁ」

「六年間ずーっと待ってた作品の続編でさ。その日からしばらくオフにして、ひたすらやり込むって決めてるんだよ。あー……楽しみ！」

「それなら問題ありませんね。オファーを受けてください」

「いや、だから無理だって……」

「引き受けてくれないと、バラしますよ」

「え……ちょっ……なんて無慈悲《むじひ》な娘なんだ！」

「ということは、NGだったのは撮影時期だけの問題ですか？」

　不満を露わにするAKITOに、湊さんが尋ねた。

「ああ、僕がゲームをやり込んで満足したぐらいまで時期を遅らせてくれるなら、喜んでって感じだよ。アミュレットさんで仕事ができるってのは、名誉なことだしね」

「じゃあ、ずらしましょう」

「えっ！　でも、もう撮影許可取っていて……」

撮影場所には、海外のとある古城を選んでいて、もう既に決まった日程で使用許可を取っていた。

古城の持ち主がかなり厄介《やっかい》な相手で、使用許可を取るのにも相当な苦労があったと聞いている。

「うちとしては、どうしてもAKITOさんを起用したいからな。撮影の日にちをずらすことでオファーを受けてもらえるのなら、なんとかずらせるように調整してみるよ」

「そりゃ、ありがたいことだ。モデル冥利《みょうり》に尽きるね」

AKITOは満足そうに、うんうん頭を縦に振っている。その姿を見ていると、腹が立ってきた。

「そうですね。そこまで言ってもらえたのなら、ゲームも我慢して撮影に挑《いど》めますね。副社長、予定通りの日程でいきましょう」

「なっ……一花〜……頼むよぉ」

「私がバラしたら、マスコミに追われてゲームどころじゃなくなりますよ。仕事という健全な理由でゲームができないのと、マスコミに追われて不健全な理由でゲームができないの……どっちがいいですか？」

「はあ……わかったよ」

「ありがとうございます」

「なんか、この小狡《こずる》さに自分の血を感じる……」

「ありがとうございます」

「いや、褒めてないよ。その日程で引き受けるから、その代わり口外しないでくれよ？　弁護士挟んで、誓約書《せいやくしょ》も書かせるからね？」

「わかりました」

なんとかまとまってよかった。

「僕もそうだけどさ、キミ面食《めんく》いだよね」

「え？」

「隣にいるの、彼氏だろ？」

そっか、さっきの会話で気付かれたんだ。

「あ、気付かれてましたか。娘さんと結婚を前提にお付き合いをさせて頂いてます」

湊さんが、挨拶してくれる。

血だけ繋がってるだけの父親なんだし、挨拶なんてしないでいいのに……と思いながらも、付き合っている宣言をしてもらうのは、なんだかとてもくすぐったい気持ちになってしまう。にやけちゃいそう……。

表情が変わるようになってきたことを喜んでいたけれど、こういう時は困ってしまう。

「しかもちゃっかり副社長だろ？　将来有望だし、抜け目ないなぁ」

「顔や地位で選んだみたいな言い方は、やめてください」

「あれ、違うの？」

「当然です。湊さんならとんでもなく不細工《ぶさいく》でも、無職でも好きになりますから」

「一花、お前の気持ちは嬉しいけど、縁起でもない例えはやめてくれ」

私たちのやり取りを見て、ＡＫＩＴＯがまた笑う。

「あのさ、口外はされたくないんだけどさ。たまに会って、飯ぐらい一緒にしたいんだけど、どうかな？」

「え、何のためにですか？」

「親子の交流？」

「今日初めて会ったのに親子って……」

「今日初めて会っても、遺伝子的にはキミが生まれた時から親子だろ？　なんかキミ、面白いからさ。定期的に話したいな～と思って」

驚いた。

どうしてだろう。私、別に嫌だって思ってない……。

「そうだ。婚約者くんも交えてさ」

「どうして湊さんまで巻き込むんですか」

「娘の旦那になるなら、僕の息子みたいなものだしさ。いいじゃん。僕、楽しいこと大好きだし」

「一花がよければ、俺は構わないぞ」

「はあ……」

「一花、どう？　僕とこれからも会うのは嫌？」

「いや、別に嫌ではないです」

「よかった。じゃあ、決まりだね」

「はあ……」

この人の喋り方とか、雰囲気とか、変に自分をよく見せようとしないところとか、嫌いじゃないなぁと思ってしまう。

「そうだ。せっかくだし、僕に何か聞いておきたいこととかってある？」

「あ、はい、母からはずっと付き合ってたのに、私ができたって知らせたら、結婚するみたいな雰囲気を匂わせておいて逃げたって聞いてますけど、本当ですか？」

　こういうことは、片方から聞いただけの話を信じるんじゃなくて、両方から事情を聞かないと真実はわからないものだ。

　ＡＫＩＴＯに会うまでは真実は知りたいと思わなかった。でも、今はできれば知りたいと思っている。

「あー……なんて言ったらいいのかなぁ～……朱里のことを信じてなかったんだよね」

「信じてない？」

「あの時は売れてなかったから、朱里が生活費を負担してくれてたってのは本当だよ。すごくお世話になった」

「お世話になっておいて、妊娠した途端捨てたんですか？　他にも女の影があるって言ってましたけど、本当ですか？」

「いや、それ、本当に誤解なんだよね……朱里はすごく思い込みが激しくて、ちょっと……っていうか、大分《だいぶ》怖い性格でさ……」

　ＡＫＩＴＯが教えてくれた話は、母が語っていたこととは多々違うところがあった。

　母とは友人の紹介で知り合い、ＡＫＩＴＯから口説《くど》く形で付き合うことになった。ここは母から聞いていた話と同じ。

ＡＫＩＴＯはこう見えてとても一途《いちず》な性格で、浮気は一切していなかったそうだ。

でも、母はとても嫉妬深くて、異性の友人から連絡が来るだけでも浮気だと怒った。

最終的には、通りすがりの女性と目が合うだけでも『今、アイコンタクトをした。あの女と陰で連絡を取り合っているんだろう』と妄想《もうそう》するようになって、暴力まで振るうようになったらしい。

暴力の他に、いわゆる試し行動もすごかった。

『今すぐ来てくれないと死んでやる』なんて言うのはしょっちゅうで、大切なオーディションの前に暴力を振るわれ、顔に傷を付けられたことで、もう、とてもじゃないけど、やっていけないと見限ったそうだ。

別れたい――。

でも、別れを告げたら、何をされるかわからない。だから、母に気持ちがあるふりをして、少しずつ距離を開けて最終的にはフェードアウトしようと思った。

「ちょっと待ってください。私ができてしまったってことは、別れようと思ってた相手なのに行為をして、ましてや避妊《ひにん》をしてなかったってことですよね？　それはあまりに愚かじゃないですか？」

いや、そこで完璧にされたら私は生まれてなくて、湊さんにも出会えなかったから結果オーライだとしても、突っ込まずにはいられなかった。

「そこは僕も若かったとはいえ、面倒なことになるってわかってたから、性欲に流されるなんてことはしないよ？　避妊はしっかりしてたんだけど……」

「まあ、百パーセントの避妊はありませんからね」

湊さんがフォローに入る。

じゃあ、避妊してたけど、私ができたってこと？

私って、生命力が強かったんだ。そういえばどんな高熱を出しても、翌日には回復してるもんね……。

「別れようと思って間もなくの頃、朱里から記憶がなくなるまで、酒を飲まされたことがあるんだ」

「お酒……」

「飲まないとヒステリーを起こすから仕方なく勧められるがままに飲んだんだけど、僕は酒があまり強くなくてね……」

私のお酒の弱さは、どうやら遺伝のようだ。

「すぐ酔い潰れて寝ちゃったんだけどさ。夢の中で朱里が迫ってきて、上に乗られたんだよね。酒飲みすぎてなかなか勃たなくて、『なんで勃たないのよ！』って怒られてさ～。そんな怒られたら、なおさら萎《な》えるわって」

な、なんか、生々しい……。

「まあ、最終的にはできたんだよ。夢だから避妊もしなかったし、最終的には中出し。キミから連絡を貰うまで夢だと思ってたんだけど、今思うとその時本当にヤッていて、その時にキミができたのかもしれないなぁ……」

彼は別れることを悟られないようにしていたつもりみたいだけれど、母は気付いたんじゃないだろうか。だからこそ子供を作って、別れさせない方向へ持って行こうとしたんじゃないだろうか。

……うん、それっぽい。

生むしか選択がなくなる月まで内緒にしてたって言ってたし、その線が濃厚だと思う。

「んで、それからしばらくしてから子供ができたって言ってたけど、いつも嘘ばかり吐かれてたから『ああ、またか』と思って信じられなくて、『そっかー結婚しよう』とかなんとか適当なことを言って、距離を置いてフェードアウトしたってわけなんだ」

「そうでしたか……」

「まさか本当にできてるとは思わなかった。俺はかなりボッコボコにされたけど、一花は朱里に叩かれたりしなかった?」

「いえ、暴力はなかったです」

言葉の暴力はあったけど、身体への暴力はなかった。

どうしてだろう。

考えたら、すぐにわかった。痣なんて作って、誰かに気付かれて子供への虐待《ぎゃくたい》が明るみに出れば、職業柄、体裁が悪いからだ。

「暴力はってことは、他はあったんだ」

「まあ……」

嫌な思い出が頭をよぎり、思わず眉を顰めてしまう。

「そっか、ごめんね」

「どうしてあなたが謝るんですか？」

「知らなかったとは言え、一花が酷い目に遭ったのは、僕のせいでもあるからね」

「はあ……」

なんか、変な感じ……。

でも、嫌な気持ちには、ならなかった。それ以来、湊さんも一緒に付いて来てもらって、ＡＫＩＴＯと食事を何度かしているのだ。

「一花？」

「あ、すみません」

ＡＫＩＴＯと初めて会ったときを思い出して、ぼんやりしてた。

「母から食事に誘われたら全力で断りますし、逃げると思うんですけど……ＡＫＩＴＯの場合は特にそういった感情はないというか……だから、大丈夫です」

「そっか。まあ、お前、ＡＫＩＴＯと話してる時、少し楽しそうに見えるよな」

「えっ……そうですか？」

「ああ、まあ、こういう親子関係もいいんじゃないか？」

母との縁が切れた時点で、身内との関係は終わったと思ってたんだけど、まさかこういった形で身内ができるなんて思わなかった。

「……そう、ですね」

以前の私なら、嫌だと思っていなくても、ＡＫＩＴＯと交流を図《はか》ろうなんて思わなかっただろうし、彼側の事情も積極的に知ろうとは思わなかったはずだ。

湊さんが傍に居てくれて、変われたからこそ、こういった柔軟な考えを持てるようになったんだろうなぁ……。

昔の自分よりも、今の自分の方がずっと好き。

「湊さん、ありがとうございます」

「なんだよ。急に」

「色々と」

「ふーん、まあ、いいや。じゃあ、風呂に入って寝るか」

「はい、お風呂はもう沸いてますから、先に入っちゃってください」

「お、ありがとな。今日は、早めにベッドに行くぞ」

「疲れ気味ですか？」

「いや、お前がなんか可愛いから、早くヤリたいなぁと思って」

「……っ……な、何言ってるんですか……っ」

「そうだ。今日は一緒に入るか。俺が隅々まで丁寧にいやらしい手付きで洗ってやるよ」

「いやらし……!?　け、結構です」

「ほら、行くぞ」

「ちょ、ちょっと……っ……きゃあっ！　ちょっ……湊さん！」

抵抗も空しく、私は湊さんに抱かれてバスルームへ向かうことになってしまうのだった。

あとがき

こんにちは、七福《しちふく》さゆりです。

「副社長サマのお気に召すまま お堅い秘書はミダラに愛され」をお手に取って頂き、ありがとうございました！

不器用な主人公一花と経験豊富なヒーロー湊のお話は、いかがでしたか？ 楽しんで頂けていましたら嬉しいです！

イラストをご担当頂きましたのは、緒笠原《おがさわら》くえん先生です。緒笠原先生、この度は素敵なイラストをありがとうございました！

一花の母親の性格があまりにも悪くて、書いている時に何度も「おい！ くそババア、いい加減にしろ！」「地獄に落ちろ！」とイライラしておりました。

ちなみに母親のその後ですが、旦那さんのあの一件があって（あとがきから読む派の方がいるかもしれないので、ぼかした言い方しますね！）ケンカが絶えなくなって、離婚コースです。

自分が不幸になったのは、一花のせいだと思っています。なんとかして攻撃したいと思っていますが、湊のおかげで一花への接触は一切ありません。

現実世界にも、自分が上手くいかないのは、全て人のせいだと思ってしまう人がいますが、よくないですよね。

自分の失敗のせいじゃないと思い込むことで、プライドは守ることができるかもしれませんが、いつまで経ってもそこから成長できないし、いつの間にか周りの人たちが離れて一人ぼっちになってしまう……という悲しい未来しか待っていないです。

私も一花のお母さんみたいな人間にならないように、自分自身をしっかり見つめ直そうと思います！

一花は結婚して子供をお腹に宿《やど》した時、こんな母親を持ってしまっているので、自分も子供に同じことをしてしまうのでは？　と恐れて悩みますが、湊に支えられてとても幸せな家庭を築いていきます！

女の子、男の子、男の子の順番で生みます。湊は子煩悩《こぼんのう》で、子供たちの学校行事に張り切って参加しちゃうタイプです。

二人とも苦労して育ってきて、子供たちにはそんな苦労は絶対にかけたくないので、二人で日々話し合い、努力をして幸せな家庭を築いていくことでしょう。

あ！　ちなみになのですが、この作品に出てきた株式会社アミュレットは、以前ガブリエラ文庫プラス様から出版して頂いた「金曜日の秘密　クールな上司に甘く偏愛されてます」の日葵《ひまり》と尊士《たかし》が働いていた会社になります。

もしご興味を持って頂けましたら、こちらの作品もどうかよろしくお願い致します！　電子配信でコミカライズもして頂いておりますので、両方合わせて読んで頂けましたらとっても嬉しいです！

さてさて話は変わりまして、皆様は最近いかがおすごしでしょうか？

私は先日発売になった某無人島ゲームを購入致しました。

休憩時間や寝る前などのちょっとした時間を見付けては、無人島へ旅立っております。今はまとまった時間がなかなか取れなくて、ガッツリはできないんですが、ちょっとした時間プレイするだけでもほっこりしますし、ゲームを点けっぱなしにして作業用BGMにするのもよきです！

分身を浜辺に立たせておけば、波の音が聞こえて心地いいです。眠くなっちゃいます。

今も点けっぱなしにしているんですが、眠いです……。

なんて言っている間に、あっという間に埋まってしまいました。最後までお付き合い頂きまして、ありがとうございました。またどこかでお会いできたら嬉しいです！　それでは！

七福さゆり

副社長サマのお気に召すまま お堅い秘書はミダラに愛され
キャラクターデザイン：緒笠原くえん

緒笠原くえん先生のキャラクターデザイン♥

ガブリエラ文庫プラス
gabriella plus

MGP-056

副社長サマのお気に召すまま

お堅い秘書はミダラに愛され

2020年5月15日　第1刷発行

著　者　七福さゆり　
装　画　緒笠原くえん

発行人　日向 晶

発　行　株式会社メディアソフト
〒110-0016　東京都台東区台東4-27-5
tel.03-5688-7559　fax.03-5688-3512
http://www.media-soft.biz/

発　売　株式会社三交社
〒110-0016　東京都台東区台東4-20-9　大仙柴田ビル2F
tel.03-5826-4424　fax.03-5826-4425
http://www.sanko-sha.com/

印刷所　中央精版印刷株式会社

七福さゆり先生・緒笠原くえん先生へのファンレターはこちらへ
〒110-0016　東京都台東区台東4-27-5 (株) メディアソフト
ガブリエラ文庫プラス編集部気付 七福さゆり先生・緒笠原くえん先生宛

ISBN 978-4-8155-2050-2　Printed in JAPAN